Indrikis Harold Martinson
(Pseudonym: Peter von Zech)

SONNE UND SCHATTEN

Roman

2. Auflage 2012

Herstellung und Verlag:
Books on Demand GmbH, Norderstedt

ISBN-13: 978-3-839144077

Dieses Buch
widme ich meiner Großmutter
Bertha von Zech

Man darf nie aufhören
sich die Welt vorzustellen
wie sie am vernünftigsten wäre.
(Friedrich Dürrenmatt)

Der Autor lebte in Afrika und in Europa. Nach dem französischen Abitur folgte das Studium der Rechtswissenschaften in Deutschland. Er entwickelte sich zu einem Individualisten, aber auch zu einem jungen Mann mit Sinn und Verständnis für alle menschliche Stärken und Schwächen. Während seiner Jugend, seiner volljuristischen Ausbildung und seiner Kompetenzerweiterung an einer Grande Ecole in Frankreich gewann er eine facettenreiche Persönlichkeit, die ihm half, im Beruf aufzugehen und ein Leben in verantwortlicher Stellung zu führen. Durch seine auf zwei Kontinenten gesammelten Erfahrungen lernte er, unterschiedlichste Menschen mit unterschiedlichsten Mentalitäten und Neigungen zu verstehen. Er liebt sachliche Kontroversen, aber auch Harmonie im Gespräch. Er spricht Dinge an, die mancher lieber verschweigt.

Er will sensibilisieren – nicht provozieren.

Seine Intention ist, seine Leserinnen und Leser zum Nachdenken und zur Recherche zu animieren. So auch mit diesem spannenden Buch.

Kapitel 1

Interessiere Dich für Dein Leben. Du bist der Einzige, der etwas daraus machen kann.

Und er wollte noch etwas daraus machen. Robert saß in der Lufthansa-Lounge des Flughafens Frankfurt direkt vor der elektronischen Anzeigetafel. Er wartete ungeduldig auf den ersten Hinweis zu seinem Flug nach Casablanca. Schon am nächsten Tag hatte er frühmorgens einen Termin mit einigen marokkanischen Geschäftspartnern. Es sollte das Geschäft seines Lebens werden. Die Initiative, Solarstrom aus der Sahara, der größten Wüste der Welt, zu gewinnen und zum Teil nach Europa zu exportieren, hatte in den letzten Monaten immer mehr an Bedeutung gewonnen. Die Marokkaner hatten von sich aus einen deutschen Ingenieur gesucht, der ein vertrauliches ›erstes Papier‹ über alle denkbaren technischen, juristischen und insbesondere politischen Aspekte dieser Initiative erstellen sollte. Sie wollten mit eigenen Argumenten für die bevorstehenden internationalen Gespräche mit den Vertretern der Solarinitiative gewappnet sein. Robert hatte zufällig mit dem marokkanischen Botschafter anlässlich einer Vernissage im Bode-Museum in Berlin über diese Initiative gesprochen. Der Botschafter hatte ihm dann – nach weiteren Besprechungen – diesen Auftrag vermittelt, zumal König Mohammed VI. und die marokkanische Regierung unbedingt einen deutschen Experten verpflichten wollten, denn aus Deutschland kamen die ersten konkreten Ideen zu diesem Projekt. Auch hatte die Deutsche Gesellschaft Club of Rome die ersten Hinweise auf Aussichten für eine mögliche finanzielle Unterstützung der Initiative seitens der Europäischen Union angedeutet. Und dass Robert fließend Französisch sprach und sich somit in Marokko artikulieren konnte, war zuletzt der ausschlaggebende Punkt gewesen.

Vor jedem Flug betete er noch kurz in der Flughafenkapelle für seine Tochter Natalie, seine Frau Simone und sich selbst. Simone war tödlich verunglückt, als sie zur Abiturfeier ihrer achtzehnjährigen Tochter fuhr. Seitdem sorgte sich Robert rührend um seine Natalie; zwischen beiden hatte sich ein grenzenloses Vertrauen entwickelt. Mit einundzwanzig Jahren hatte Natalie ohne Mühe das erste juristische Staatsexamen absolviert, mit dreiundzwanzig Jahren war sie die jüngste Volljuristin Deutschlands und der ganze Stolz ihres achtundfünfzigjährigen Vaters. Sie promovierte noch vor der Großen Juristischen Staatsprüfung mit einer Dissertation zum internationalen Privat-

und Gesellschaftsrecht. Ihre Promotion schloss sie mit magna cum laude ab. Nach einer mehrmonatigen beruflichen Ersterfahrung an der École Polytechnique in Paris stieg sie sofort in das Kompetenzteam des väterlichen Unternehmens ein.

Die Erste Klasse des Airbus A321 ließ keine Wünsche offen. Die zwei Einzelsessel links und rechts des Mittelganges waren sehr bequem und mit viel Technik versehen. Schon kurz nach dem Start begann Robert, sein Manuskript für den Eröffnungsvortrag nochmals durchzugehen. Immer wieder fügte er am Rande seiner Aufzeichnungen nur für ihn selbst verständliche Zeichen an. Nach einer guten Stunde durchschüttelten Luftturbulenzen das Flugzeug. Roberts Kugelschreiber fiel hinunter. Er bückte sich und sein Blick traf sich mit dem des neben ihm sitzenden Passagiers, der ebenfalls nach einem zu Boden gefallenen Stift griff. Sie lächelten sich kurz zu. Robert zweifelte an seinem Wahrnehmungssinn: Wieso hatte er seinen Nachbarn nicht schon vor dem Start bemerkt? Dieser war doch nicht zu übersehen: Er war groß, aber nach seiner Meinung auch etwas übergewichtig und strahlte eine ungewöhnliche Vitalität und Fröhlichkeit aus. Kaum hatte das Flugzeug ruhigere Höhen erreicht, erhob sich sein Nachbar und kam auf ihn zu.

»Guten Abend, oder besser gesagt, gute Nacht! Es ist schon nahezu Mitternacht und ich wollte

diesen Tag nicht beenden, ohne mich Ihnen vorgestellt zu haben. Ich heiße Tajeddine al Raisuni und bin Professor an der Fakultät für Philologie und Humanwissenschaften der Universität Casablanca.«
»Ja! Guten Morgen, will ich dann mal sagen. Mein Name ist Robert Reuter und ich habe in Frankfurt ein Ingenieurbüro für Solartechnologie. Nett, dass wir noch vor der Nachtruhe ins Gespräch gekommen sind. Ich bitte um Entschuldigung für meine Unhöflichkeit, aber ich habe einen beruflich anstrengenden Tag vor mir. Ich wollte die Zeit nutzen, noch einmal Details in meinen Aufzeichnungen nachzulesen, um für meinen morgigen Vortrag gut vorbereitet zu sein. Aber sagen Sie bitte, Sie sprechen ja fast akzentfrei deutsch!«, erwiderte Robert.
»Meine Mutter ist Marokkanerin, mein Vater Deutscher. Er hatte praktisch von meiner Geburt an immer darauf geachtet, dass ich die deutsche Sprache höre, spreche und schreibe. Während meiner gesamten Schulzeit in Marokko hatte ich einen Landsmann meines Vaters als Nachhilfelehrer. Auch das Goethe-Institut hatte ich jahrelang besucht. Der Leiter war ein Freund meines Vaters und hatte meine Sprachausbildung im Institut zur Chefsache gemacht. So habe ich auch ohne Schwierigkeiten in Deutschland Sozialwissenschaften studieren können. Meinen Beruf übe ich aber in Marokko aus; und bei einer Nebenorganisation

der Vereinten Nationen bin ich Experte für Angelegenheiten von Minderheiten. Nennen Sie mich Tajeddine, das ist einfacher und vor allen Dingen kürzer.«

»Gerne! Dann nennen Sie mich bitte Robert.«

Die Stewardess unterbrach die Unterhaltung der Männer. Sie bat darum, das Menü und die Getränke auszuwählen. Beide Männer entschieden sich für eine Currysuppe mit Putenbrust, Lachsfilet auf Kartoffel-Sellerie-Püree, Eis und eine große Flasche Mineralwasser.

»Darf ich fragen, was Sie als Solarexperte denn nach Marokko führt?«, fragte Tajeddine, ohne auch nur im Ansatz seine Neugier verbergen zu wollen.

»Es geht um neue Gesichtspunkte hinsichtlich der uneingeschränkten Gewinnung von Solarthermie in Marokko. Mein Auftrag ist, die langfristige europäische Nutzung von Solarenergie auf technische und juristische Machbarkeit zu durchleuchten.«

»Aha! Erlauben Sie mir die Feststellung, dass Ihre Ausführungen ein wenig nebulös sind. Ist es möglich, dass Sie nicht darüber sprechen wollen oder dürfen?«

»Ich danke für Ihr Verständnis, Tajeddine, so ist es in der Tat. Geschäftsgeheimnisse sind nun mal Geschäftsgeheimnisse. Und dennoch kann ich so viel verraten, dass dieses Projekt entlang der atlantischen Küste ausschließlich die Verbesserung der Versorgung der Menschen mit Strom zum Ziel hat.

9

Dabei meine ich die Versorgung in Europa und in Nordafrika. Und wichtig ist dabei, dass der Strom produziert wird, ohne klimaschädliches Kohlendioxid in die Luft zu blasen. Natürlich spielen hier primär wirtschaftliche Aspekte eine Rolle. Für mich persönlich ist mit dem Projekt aber auch ein humanitäres Ziel verbunden. Dieses besteht darin, das von Gott geschaffene Werk, dazu zählen ja auch Wind und Sonnenschein, insbesondere den armen Menschen zugutekommen zu lassen«, sagte Robert voller pathetischer Überzeugung. Er hatte nicht bemerkt, dass sein Gesprächspartner kurz zusammenzuckte: Tajeddine lehnte sich zurück und starrte die Decke an.

»Sie sprachen eben von dem von Gott geschaffenen Werk«, sagte Tajeddine und wandte sich wieder Robert zu. »Ich bin völlig Ihrer Meinung, dass natürliche Energiequellen, die nicht der Umwelt schaden, genutzt werden sollten. Und Marokko mit seiner Wüste hat hier sicherlich einen optimalen Standort zu bieten, zumal die Straße von Gibraltar als natürliche Grenze zwischen Afrika und Europa an der engsten Stelle nur ca. vierzehn Kilometer breit ist. Der Transport von Strom über diese Strecke scheint durchaus möglich. Was mich aber überrascht hat, ist, dass Sie Gott für Ihre Argumentation bemüht haben. Wissen Sie, wir Muslime gebrauchen das Wort Gott, bei uns Allah, nur im Kontext mit unserer Religion, dem Islam.«

»Ich wollte nur damit zum Ausdruck bringen, dass wir ein uns von Gott geschenktes Werk, die Sonne zum Beispiel, nutzen sollten. Und ob nun Gott oder Allah, meinen wir damit nicht den einzig und alleinigen Herrn der Welten?«, entgegnete Robert etwas nervös.

»Wollen Sie damit andeuten, dass Christen und Moslems eigentlich denselben Gott haben?«, fragte Tajeddine, der seine Überraschung nicht verbergen konnte. Im selben Moment spürte er, dass er seine herausfordernde und möglicherweise überfordernde Frage ergänzen musste. »Auch wenn aus der arabischen Sprache übersetzt das Wort Allah Gott bedeutet, heißt das doch noch lange nicht, dass wir einen gemeinsamen Gott haben und dass der Gott, der in der Bibel genannt wird, auch unser Gott ist.«

»So kann man das meiner Meinung nach nicht sagen, oder wollten Sie mir eine Frage stellen? Die Christen glauben an den Gott der Bibel, die Muslime glauben an den Gott des Korans, im Arabischen Allah. Warum soll der Glaube an Gott oder an Allah nicht ein und derselbe sein?«

»Sehen Sie, im Koran steht, dass unser Gott ein *einiger Gott* ist und außer ihm kein anderer Gott existiert«, antwortete Tajeddine etwas gereizt.

»Das ist doch aber kein Widerspruch!«, merkte Robert an und sah Tajeddine direkt in die Augen. »Soviel ich weiß, steht im Koran, dass Muslime keine Juden und Christen zu Freunden nehmen sollen, also keine Anhänger des Judentums und des Christentums. Richtig? Abgelehnt werden also nur die anderen Religionen, nicht aber der Glaube an Gott selbst. Und der ist für Christen und für Muslime der einige und einzige Gott. Das Judentum jetzt einmal außen vor gelassen, meine ich, dass im Christentum und im Islam die jeweiligen Gläubigen an ein und denselben Gott glauben. In der Bibel steht:

Vater unser im Himmel, geheiligt werde Dein Name. Dein Reich komme. Dein Wille geschehe, wie im Himmel, so auf Erden. Unser tägliches Brot gib uns heute. Und vergib uns unsere Schuld, wie auch wir vergeben unseren Schuldigern. Und führe uns nicht in Versuchung, sondern erlöse uns von dem Bösen. Denn Dein ist das Reich und die Kraft und die Herrlichkeit in Ewigkeit. Amen.

Und was steht im Koran?«, fragte Robert.

»Das kann ich Ihnen wortgenau zitieren:

Im Namen Gottes, des Barmherzigen, des Gütigen. Lobpreis sei Gott, dem Schöpfer und Erhalter aller Weltbewohner, dem Barmherzigen und Gütigen, dem Regenten am Tag des Gerichtes. Wir beten nur Dich an und wir bitten nur Dich um Beistand. Führe uns den rechten Weg. Den Weg derer, denen Du Deinen Segen zuteilwerden lässt.

Es geht noch weiter, aber ich glaube, dass es für diese grundlegende Frage bis hierhin zunächst reicht. Ich gebe zu, dass sich der Schwerpunkt der Fragestellung tatsächlich nur auf den Glauben konzentriert, denn im Koran heißt es auch: *Oh Ihr Menschen, dienet Eurem Herrn.* Das bedeutet doch, dass alle Menschen den einen Herrn haben. Ich gebe auch zu, dass weitere dem Sinn nach gleiche Aussagen sowohl in der Bibel als auch im Koran zu finden sind, das ist nicht von der Hand zu weisen«, erklärte Tajeddine und holte erneut tief Luft für seine weiteren Ausführungen.»Wissen Sie, es gibt viele, sicherlich zu viele nuancenreiche Übersetzungen und Interpretationen sowohl der Schriften und Briefe der Bibel als auch der Suren des Korans. Und jede weitere Bearbeitung oder Auslegung ist immer mit den subjektiven Befindlichkeiten des Bearbeiters behaftet. Bei uns nennt man das *Ijtihad*, was ›das Bemühen‹ bedeutet. Hier geht es um das Bemühen des Auffindens einer dem Islam entsprechenden Regelung durch Interpretation der Quellen, also des Korans. Und dann gibt es noch die *Fatwas*, die …«

Die Stewardess unterbrach erneut das Gespräch und servierte beiden ein Schälchen mit gerösteten Mandeln und ein Glas Tomatensaft auf Eis. Robert und Tajeddine sprachen noch eine ganze Weile über Religion, Glaubensrichtungen und persönliche Überzeugung. Sie waren sich einig, dass die Religionen im Gespräch bleiben müssten, um ein friedliches Nebeneinander zu ermöglichen, und dass Religion und Politik oftmals schwierig zu trennen seien. Einvernehmlich bewerteten sie den aktuellen Besuch des palästinensischen Präsidenten Mahmud Abbas bei Papst Benedikt XVI. als eine politisch-religiöse Glanzleistung. Der Besuch fand in einer Zeit der harten Konfrontation zwischen Israel und Palästina statt. Im Mittelpunkt des Gesprächs hatte die Notwendigkeit gestanden, erneut eine dauerhafte Konfliktlösung auf höchster Ebene zu diskutieren. Dass zuvor der Papst als Oberhaupt der katholischen Kirche den muslimischen Präsidenten im Westjordanland besucht hatte und jetzt sozusagen der Gegenbesuch stattfand, stuften sie als Beweis eines gut funktionierenden Dialogs ein. Sie fanden Konsens über die Hintergründe des Ergebnisses der Volksabstimmung in der Schweiz über das Verbot des Baus von Minaretten. Diesen Entscheid werteten sie als Ausdruck einer weitverbreiteten Angst vor einer Islamisierung Europas. Den Grund für diese Angst erkannten sie nicht nur in der unglücklichen Propagierung, dass der Koran kompromisslos keine andere Religion als den Islam zulasse. Auch fehlende öffentliche Bekundungen insbesondere der Muslime zur Religionsfreiheit hielten sie für ursächlich. Übereinstimmung fanden sie schließlich darin, dass die omnipotenten Medien, die Tajeddine als *vierte Gewalt* bezeichnete, die Ängste durch eine einseitige und oberflächliche Berichterstattung schürten. Sie bemängelten, dass offenbar nur noch aufreißerische und im Grundton negative Berichterstattungen das Interesse der Leser und TV-Konsumenten finden würden. Langsam drifteten sie immer mehr ins Politische ab, ohne dass sie gegensätzliche Standpunkte fanden, über die sie hätten debattieren können.

Beide waren erleichtert, dass die anfänglich kontroverse Diskussion über die delikate und umstrittene Frage, ob Gott und Allah gleichzusetzen seien, eine harmonische Wendung genommen hatte. Die Zeit verging schnell. Im Laufe der Unterhaltung empfanden sie immer mehr Sympathie füreinander und beide waren überrascht, als der Pilot plötzlich ankündigte, dass er die Flughöhe verlassen habe und in wenigen Minuten die Straße von Gibraltar und sodann Tanger überfliegen würde. Alles sei sehr gut zu sehen, da keine Wolken die Sicht trübten. Tanger bot ein spektakuläres Schauspiel: Die illuminierte Stadt spiegelte sich auf der Meeresoberfläche wider, die Lichtkegel der Scheinwerfer der Autos wirkten wie Ameisen mit leuchtenden Augen.

Eine halbe Stunde später landete das Flugzeug in Casablanca. An der Gepäckausgabe musste Tajeddine noch warten, Roberts zwei Koffer waren dagegen als erste Gepäckstücke auf dem Rollband gelandet. Robert verabschiedete sich kurz von

Tajeddine, der ein Wiedersehen nicht ausschließen wollte.

»Denken Sie daran, Ihren Entscheidungen immer am Ende ein *In scha Allah* anzufügen, denn maßgebend ist allein Allahs Wille. Er führt uns immer auf den geraden Weg!«

Der Grenzbeamte fertigte Robert schnell ab, der Zollbeamte hingegen ließ ihn die Koffer öffnen und die darin verstauten kleinen technischen Geräte auspacken. Tajeddine hatte zwischenzeitlich seine Koffer in Empfang nehmen können und gesellte sich zu Robert. Er fragte ihn, ob es Schwierigkeiten gebe. Als Robert die Frage verneinte und versicherte, es handele sich wohl nur um eine Routineprüfung, wandte sich Tajeddine auf Arabisch an den Zollbeamten. Es kamen nur wenige Worte über seine Lippen, sehr leise und ruhig. Der Tonfall aber ließ Robert schaudern.

»Sie können Ihre Sachen wieder einpacken. Es ist alles in Ordnung. Der Beamte ist nur etwas müde und demzufolge unkonzentriert, immerhin ist es schon ein Uhr nachts. Ich nehme Sie gerne mit in die Innenstadt. In welchem Hotel wohnen Sie?«

»Danke für Ihre Hilfe. Aber ich habe wirklich weder etwas zu verzollen noch Verbotenes in meinem Gepäck. Für mich ist ein Zimmer im Hotel Val d'Anfa reserviert, unmittelbar am Meer.«

»Ein sehr schönes Hotel im maurischen Stil. Sie werden es mögen. Der Service dort ist optimal. Folgender Vorschlag: Mein Fahrer wird mich zu Hause absetzen und Sie zum Hotel bringen. Und wenn Sie wollen, wird er Sie in ein paar Stunden abholen und zu Ihrem Meeting fahren. Das ist doch die einfachste Lösung. Sie können eigentlich nur einverstanden sein, oder? Kommen Sie!« Robert wollte dieses großzügige Angebot nicht ausschlagen. Auch war er viel zu müde, sinnvoll irgendetwas entgegenzusetzen.

Kapitel 2

Robert schlief fest, bis der Portier ihn weckte. Der Fahrer wartete bereits und chauffierte Robert in die Innenstadt zur angegebenen Adresse. Nachdem der Wagen vorgefahren war, öffnete ein Diener in Livree die Tür und blieb wie angewurzelt neben dem Wagen stehen. Kaum war Robert ausgestiegen, wandte sich eine junge, im dunkelblauen Kostüm gekleidete schlanke und außerordentlich hübsche Marokkanerin an ihn.

»Ich bin die Sekretärin von Herrn Dr. Mokhtar Senhadji, dem Leiter der Konferenz und der marokkanischen Delegation. Während Ihres gesamten Aufenthaltes in Marokko bin ich Ihre Ansprechpartnerin in allen Fragen, privat oder geschäftlich. Mein Name ist Raschida Senhadji. Ich bin seine Tochter. Nennen Sie mich bitte einfach Raschida. Ich spreche Ihre Sprache, denn ich habe in Hamburg Jura studiert. Haben Sie eine Frage?«

Roberts Verdutztheit überraschte sie nicht. Sie kannte diese Reaktion zur Genüge. Robert hatte sich schnell wieder gefangen und reichte ihr die Hand zur Begrüßung.

»Nennen Sie mich bitte Robert. Ich freue mich, Sie an meiner Seite zu wissen, Raschida. Ich freue mich sehr.«

Der Konferenzraum war nicht übergroß, die anwesenden fünfundzwanzig Teilnehmerinnen und Teilnehmer hatten ausreichend Platz vor und hinter dem ovalen Konferenztisch. Robert stellte fest, dass alle am Tisch Sitzenden über eine eigene Sekretärin verfügen konnten, die in der zweiten Reihe hinter ihnen saß. Er erinnerte sich an eine Sitzung im großen Konferenzraum der NATO in Brüssel. Auch dort saßen die Sekretäre hinter den Teilnehmern und achteten darauf, dass ihnen nichts entging, was ihren Einsatz hätte erfordern können.

Nach der Begrüßung durch Dr. Senhadji gab dieser einige Hinweise zu den Verfahrensweisen und Modalitäten der Konferenz und forderte dann zu einer Vorstellungsrunde auf. Robert sollte anfangen. Er drehte sich kurz um und sah Raschida lächeln. Sie nickte ihm zu und zwinkerte mit dem Auge. Erst später erfuhr er, dass sie es war, die ihren Vater darum gebeten hatte, ihn beginnen zu lassen. »Der Erste, der sich vorstellt, hat es immer am einfachsten. Er alleine bestimmt über die Form seiner Präsentation und muss sich keinen inhaltlichen Zwängen fügen, die von seinen Vorrednern auferlegt werden«, erklärte sie Robert nach dem ersten Konferenztag. Robert war begeistert von dieser jungen Frau. Als er ihr erzählte, dass seine

19

Tochter Natalie zu seiner Unterstützung am nächsten Tag nachkommen würde, freute sich Raschida sehr. Und Robert war begeistert, in den nächsten zwei Wochen von zwei attraktiven Juristinnen begleitet zu werden.

Raschida holte Natalie vom Flughafen ab. Ein kurzer Anruf von Dr. Senhadji beim Polizei- und beim Zollchef vereinfachte Natalies Einreise sehr. Beide Frauen waren sich auf Anhieb sympathisch und sagten sich schnell faire und vertrauensvolle Zusammenarbeit zu. Gemeinsam gaben sie ein harmonisches Bild ab, zwei schöne, schlanke und hochgewachsene Frauen, die eine naturblond, die andere naturschwarz mit diskretem Henna-Schimmer. Natalie machte sich im Hotel Val d'Anfa schnell frisch, zog sich einen hellgrauen Zweireiher an und eilte mit Raschida zur Konferenz. Nach einer vom Konferenzleiter kurzerhand dazwischen geschobenen Bitte, das ›neue Gesicht in der Runde‹ möge sich kurz vorstellen, nannte Natalie ihren Namen und ihre Funktion an der Seite ihres Vaters. Das kaum wahrnehmbare Kopfnicken des Konferenzleiters signalisierte ihr, dass sie sich wieder setzen konnte. Sodann erhielt Robert das Wort und stellte sein Konzept für die Arbeit der Konferenz innerhalb der nächsten zwei Wochen vor. Sein Angebot, den Entwurf eines Ergebnisprotokolls und eines Memorandums am Ende der Konferenz fertigen zu lassen, wurde uneingeschränkt angenommen. Diese Aufgabe wurde Natalie und Raschida übertragen.

Robert und Natalie hatten Dr. Senhadji und Raschida zum Abendessen ins Hotel eingeladen. Robert hatte einen Tisch unmittelbar am Swimmingpool eindecken lassen und darum gebeten, die anderen Tische in einem Abstand von mindestens zehn Metern arrangieren zu lassen. Er wollte sich ungestört und offen mit seinen Gästen unterhalten und nicht auf gespitzte Ohren achten müssen. Der Hoteldirektor begrüßte seine außergewöhnlichen Gäste persönlich. Er war ein gutaussehender Mann knapp über dreißig. Alles an ihm war perfekt: sein italienischer Anzug und die von Hand gefertigten Lederschuhe, sein Aussehen, seine Silhouette, sein Gang, seine Wortwahl. Es schien, als ob Natalie und Raschida etwas enttäuscht waren, als er ihnen einen schönen Abend wünschte und sich verabschiedete. Beide Frauen schauten ihm noch lange schweigend nach, was nicht unbemerkt blieb.

Dr. Senhadji missfiel diese Situation. Er räusperte sich diskret.

»Herr Reuter, ich möchte Ihnen und Ihrer Tochter ein Angebot unterbreiten. Nach dieser Konferenz werden noch viele offene Fragen zu klären sein. Wir alle wissen, dass es dann wieder einer umfangreichen, zeitlich aufwendigen Organisation bedarf, um dafür die geeigneten Fachleute zu gewinnen. Ich habe bereits mit den zuständigen Fachministerien in Rabat gesprochen. Ich gehe davon aus, dass Sie und Ihre Tochter die meisten der Fragen würden bearbeiten können. Daher mein Angebot: Sie und Ihre Tochter bleiben so lange in Marokko, bis Sie für die technischen und juristischen Hauptfragen Lösungen erarbeitet haben. Diese Lösungen sind für das Königreich Marokko von sehr großer Bedeutung, denn die nächsten Impulse müssen von hier aus gesendet werden. Mein Land hat im Vergleich zu den übrigen afrikanischen Staaten die engsten politischen und die intensivsten wirtschaftlichen Verbindungen zur Europäischen Union. Marokko ist in Höhe der Straße von Gibraltar nur durch vierzehn Kilometer von Europa getrennt, die anderen Staaten, die infrage kommen, durch weit mehr als hundert Kilometer. Wir wollen in der Zusammenarbeit die Vorreiter und die Hauptansprechpartner sein. Wir wollen eines der führenden Länder bei diesem Sahara-Großprojekt sein, wenn nicht sogar das führende Land. Und mit einem privilegierten Engagement Marokkos sind wir der festen Überzeugung, der hier grassierenden Arbeitslosigkeit einen Riegel vorschieben zu können. Wachstum und mehr Wohlstand wären die Folgen. Die Bildung könnte stärker finanziert werden.«

»Wie stellen Sie sich das vor? Von welcher Zeitspanne gehen Sie aus, Dr. Senhadji?«, fragte Natalie erregt.

»Ich vermute, dass es sich um zwei, maximal drei Monate handeln dürfte. Wir stellen Ihnen und Ihrem Vater jeweils eine Wohnung nebst Personal hier in Casablanca zur Verfügung, in Agadir und Laâyoune reservieren wir für Sie dauerhaft im Gästehaus der marokkanischen Regierung zwei Suiten, jeweils unmittelbar am Atlantik gelegen. In Laâyoune stellen wir Ihnen außerdem einen Hubschrauber und zwei Geländefahrzeuge zu Ihrer alleinigen Nutzung zur Verfügung. Alle Lebenshaltungskosten und sonstigen Ausgaben gehen zu unseren Lasten. Sie und Ihr Vater erhalten monatlich fünftausend Euro. Sämtliche Versicherungen müssten aber Sie, wahrscheinlich in Deutschland, abschließen. So, nun sagen Sie mir bitte, dass Sie und Ihr Vater das Angebot annehmen.«

Robert bat um zwei oder drei Tage Bedenkzeit. Dr. Senhadji nickte zustimmend. Er wusste, dass er schon halb gewonnen hatte: Wäre es für Robert und Natalie aus welchen Gründen auch immer unmöglich gewesen, so lange Zeit in Marokko zu verbringen, hätten sie ohne zu zögern abgelehnt. Und die Zeit drängte. Das Emirat Abu Dhabi, Saudi-Arabien und der Golfstaat Katar hatten einen schnellen energiepolitischen Wechsel angekündigt. Sie wollten ihre Rohstoffe allein auf dem Weltmarkt verkaufen und eigene Bedarfe durch Umstellung auf erneuerbare Energien befriedigen. Dabei sollte die Solarthermie im Vordergrund stehen. Dr. Senhadji befürchtete einen Wettlauf, denn zwei parallel laufende Großprojekte könnten die Industriestaaten nicht bedienen.

Robert gab dem geduldig wartenden Restaurantchef ein Zeichen und ließ das Menü servieren, das er zuvor sorgfältig zusammengestellt hatte. Als nach knapp zwei Stunden zwei Ober das Dessert, flambierte Orangenscheiben an Zimtparfait, am Tisch vorbereiteten, war das Vertrauen zwischen den Vätern und den Töchtern aufgebaut. Es war der Beginn einer aufrichtigen Freundschaft vonseiten aller Beteiligten.

Kapitel 3

Die Tage vergingen im Nu. Die Konferenzteilnehmer diskutierten eifrig bis weit in die Abendstunden. Nächtens formulierten Natalie und Raschida das Tagesprotokoll und legten dieses noch aus. So hatten die Teilnehmer gleich frühmorgens etwas zu lesen, Natalie und Raschida Zeit, sich vormittags am Swimmingpool auszuruhen.

Kaum hatten sich die beiden Frauen beim ersten Mal am Pool niedergelassen, weckte ihre augenfällige Unterschiedlichkeit die Aufmerksamkeit der übrigen Pool-Gäste und die des Hoteldirektors, der seine Chance gleich ausnutzte. Er stellte sich ihnen mit Namen vor und lud sie zum Mittagessen ein. Beide nahmen die Einladung an, denn sie wurden erst um fünfzehn Uhr bei der Konferenz erwartet.

»Der Name, den mir meine Eltern gaben, ist Khalid al Raisuni. Wie gefällt er Ihnen, meine Damen?«, hatte er mit einem verbindlichen und freundlich warmen Lächeln gefragt. Sein Charme war natürlich, in keiner Weise aufgesetzt. Natalie mochte ihn auf Anhieb, Raschida aber auch. Wenn er Natalie beim Vorbeigehen und auch aus der Ferne mit seinen großen schwarzen Augen zu durchdringen schien, fühlte sie sich immer wie nackt ausgezogen. Doch sie führte seine Blicke insbesondere auf ihren winzigen Bikini zurück.

Der letzte Konferenztag hatte begonnen. Robert Reuter hatte das Ergebnisprotokoll und das Memorandum vorgelesen. Die Teilnehmer verglichen seine Ausführungen mit dem Text, der ihnen vorlag und den sie auch würden unterschreiben müssen. Robert war froh, dass es am Ende keine Wortmeldungen gab. Er erhob sich und faltete die Hände, als wollte er beten.

»Meine Herren, lassen Sie mich mit wenigen Worten die wesentlichen Fragen, die wir in diesen Wochen erörtert haben, sowie die Ergebnisse, die wir gefunden haben, resümieren.
1. Welche Abhängigkeiten von Marokko als Stromlieferanten könnten entstehen?
Die wirtschaftliche Stabilität und die innere und äußere Sicherheit Marokkos sind unstreitig gegeben. Im Nahen Osten so in dieser Form aus den bekannten Gründen leider nicht! Sollte dennoch entgegen jeglicher Vernunft die marokkanische politische Führung Maßnahmen zur Reduzierung oder Kappung des Stromexportes beschließen, hätte dies zwangsläufig eine rapide Absenkung der europäischen Nachfrage und demzufolge auch ein Ende der weiteren Investitionen zur Folge. Und über die politischen Maßnahmen der Abnehmer-

staaten möchte ich gar nicht nachdenken. Marokko als Exportland für Strom hätte also ein ureigenes Interesse, den im Lande erzeugten Strom mit allen denkbaren Sicherheiten anzubieten und die Anlagen funktionsfähig zu halten. Insbesondere dürfte der dann sofort einsetzende Wegfall der Exporterlöse der wichtigste Grund dafür sein, jegliche Einflussnahme auf den Export zu unterlassen, denn Solarstrom, der nicht geliefert wird, ist – wenn Sie so wollen – materiell nicht vorhanden, im Gegensatz zu Gas oder Öl.

2. Die nunmehr erkannten Interdependenzen zwischen Europa und Marokko lassen folgende Schlussfolgerungen zu:
Der Vorwurf einer Ausbeutung von Solarstrom entbehrt jeglicher Grundlage. Wir sprechen hier nicht von Gas und Öl, die mengenmäßig begrenzt sind. Solarstrom wird glücklicherweise unbegrenzt von der Sonne geliefert. Ein weiterer wichtiger Gesichtspunkt ist, dass die technologische Entwicklung bzw. der Technologietransfer nicht mehr an den Grenzen Südeuropas anhält, sondern auf Marokko überschwappt. Das Land nimmt somit früher am technologischen Fortschritt teil.

3. Welchen Gefahren ist die Spiegeltechnologie durch Sandstürme ausgesetzt?
Wir haben bereits vorliegende Erfahrungsberichte aus den Vereinigten Staaten. In Kalifornien haben alle vergleichbaren Kraftwerke seit über zwanzig Jahren Sandstürme ohne Schäden überstanden.

Sollten dennoch unwetterartige Stürme auftreten, werden die mobilen Spiegel elektronisch in eine Schutzposition gedreht.

4. Sind die Strom-Transportkosten über Tausende Kilometer nach Nordeuropa nicht zu hoch?

Nein, keineswegs. Die in der Sahara tagsüber herrschende Sonneneinstrahlung ist permanent und wiegt somit die Transportkosten auch nach Nordeuropa vollkommen auf. Ich danke Ihnen für Ihre Aufmerksamkeit. Bevor ich das Wort an unseren Konferenzpräsidenten zurückgebe, erlauben Sie mir folgenden Hinweis. Meine Tochter und ich werden für das Projekt noch einige Zeit tätig sein und auch hier in Marokko verweilen. Noch viele Fragen müssen gestellt werden, um präzise Antworten zu finden, um Einzelergebnisse vorstellen zu können. Sachliche und zutreffende Lösungen müssen gefunden werden. Geologische Erkundigungen vor Ort und im grenznahen Bereich zu Mauretanien und Algerien werden erforderlich sein. Zu all diesen Punkten wollen wir, meine Tochter und ich, einen konstruktiven Beitrag leisten, um das Projekt weiter voranzubringen. Wir werden all unsere Kraft einsetzen. Unsere Bemühungen werden nicht nachlassen, bis wir das von Ihnen erwartete Ergebnis erreicht haben. Wir wollen Marokko die größtmöglichen Chancen geben, im Rahmen der Initiative Vorreiter zu sein.«
Roberts »Danke!« verhallte unter dem tosenden Beifall der Teilnehmer.

Kaum hatte Robert das Hotel betreten, eilte der Empfangschef auf ihn zu und übergab ihm einen Briefumschlag. Robert öffnete den Umschlag und zog den Ausdruck einer E-Mail heraus. Es war eine Nachricht seines Vertreters in Deutschland:

„Wir müssen eiligst das Projekt voranbringen, da wir Konkurrenz bekommen haben. Die Weltbank beabsichtigt, gemeinsam mit finanzstarken Investoren, in Algerien, Ägypten, Jordanien, Tunesien und auch Marokko bis zum Jahr 2020 solarthermische Kraftwerke zu errichten. Gesamtvolumen der Solaroffensive: an die sechs Milliarden Dollar. Entsprechende Verhandlungen auf internationaler Basis laufen auf Hochtouren."

Robert war nicht beunruhigt. Dennoch rief er Natalie an und berichtete ihr die Neuigkeit.

»Pa!«, sagte Natalie und holte tief Luft. »Wenn die Weltbank ein gleiches Unterfangen plant, dann nur, weil auch sie vom Sinngehalt der Stromgewinnung für Europa durch solarthermische Kraftwerke in Nordafrika überzeugt ist. Natürlich ist das ein lukratives Geschäft für alle Beteiligten! Die Weltbank und vielleicht noch weitere Wettbewerber werden aber sicher vor den gleichen technischen, juristischen und infrastrukturellen Fragestellungen stehen. Nur, wir sind schon vor Ort und haben demzufolge einen uneinholbaren Vorsprung, den wir intelligent nutzen müssen. Wir sollten uns beeilen, auch um diesen Vorsprung auszubauen. Und wer weiß? Vielleicht wird die Weltbank mit uns kooperieren wollen? Aber in Hektik brauchen wir nicht zu geraten. Du kennst doch meine Einstellung: Fehler entstehen durch Eile!«

Kapitel 4

Robert und Natalie hatten schon mit Sehnsucht das Wochenende erwartet. Robert saß auf dem Balkon und ließ sich von dem Blick über den unendlichen Atlantischen Ozean und dem leichten Wind inspirieren. »Windkraft«, schoss ihm durch den Kopf, »Windkraft an dieser immens langen marokkanischen Küste. Das wäre das nächste Großprojekt, das du in Angriff nehmen könntest, alter Junge.«

Der Sonnenschirm warf einen großen runden Schatten über den besonders langen Tisch, den er sich auf dem Balkon hatte aufstellen lassen. Robert brauchte Platz für die vielen Landkarten und elektronischen Messgeräte. Nach wenigen Minuten wurde ihm klar, dass er mit Natalie zunächst die möglichen Installationsflächen in Augenschein nehmen musste, um weitere prüfrelevante Details zu erkennen. Er stellte für die kommende Woche einen detaillierten Fahrplan auf und organisierte die Bereitstellung eines stark motorisierten Geländefahrzeugs und des Hubschraubers. Als er während des Telefongesprächs mit Dr. Senhadji über das Geländer auf den Swimmingpool hinabschaute, sah er dort seine Natalie auf einer Sonnenliege.

Sie hatte sich zwischenzeitlich mit dem Hoteldirektor Khalid al Raisuni ein wenig angefreundet. Raschida hatte sie dazu ermuntert, zumal sie ihre eigenen Chancen, die Gunst dieses Mannes zu gewinnen, als sehr gering einschätzte.

Natalie lag auf dem Bauch. Khalid kniete neben ihr und rieb ihr mit einer Sonnenmilch den Rücken ein. Robert beobachtete, wie Khalid über ihre Haut streichelte und immer tiefer ihren Rücken entlangfuhr. Als Khalid ihre kaum bedeckten Pobacken massierte, wurde Robert ärgerlich. Doch Natalie hob kurz den Kopf und lächelte Khalid an. Offenbar genoss sie die Behandlung. Robert kannte seine Tochter. Er wusste, dass sie sehr eigenwillig war und nichts tat, was sie nicht wollte. Wenn sie also Khalid gewähren ließ, dann nur, weil sie es so wollte. Dennoch vermochte Robert sich nicht zu konzentrieren und beobachtete das Schauspiel weiter. Nachdem Khalid auch Natalies Beine eingecremt hatte, sprang er in den Pool. Robert stellte fest, dass Khalid einen makellosen Körper hatte. Er begann, diesen sehr jungen Hoteldirektor, der sich stets höflich und äußerst aufmerksam gezeigt hatte, zu mögen. In den wenigen kurzen Gesprächen hatte Khalid zudem gezeigt, dass er sich zwar mit leisen Tönen, aber sehr präzise auszudrücken verstand, ohne dabei auf Kritik und objektiven Widerspruch verzichten zu wollen. »Aber muss er deshalb gleich den ganzen Körper meiner Natalie mit seinen Händen vereinnahmen?«, hörte er sich fragen.

Wenige Minuten später sah er die beiden davonschlendern. Robert schmunzelte. Seine Rolle als eifersüchtiger Vater machte ihm Spaß. »Komm, alter Junge, deine Tochter ist erfahren genug und hat das Recht, mit ihrem Auserwählten auch ins Bett zu gehen«, sagte ihm seine innere Stimme.

Am Abend saßen sie alle zusammen: Natalie und Raschida hatten sich abgesprochen und waren beide in weißen Blusen und Hosen erschienen, den Ledergürtel jeweils ersetzt durch ein violettes Seidentuch. Raschida hatte erst sich und dann Natalie geschminkt und dabei darauf geachtet, bei sich und Natalie die Augen und die Lippen farblich gleich und betont auffällig hervorzuheben. Beide sahen entzückend aus und verfehlten nicht ihr Ziel, als sie sich dem Tisch näherten. Robert, Dr. Senhadji und Khalid, der mittlerweile dazugehörte, saßen ganz leger gekleidet am reichlich mit Vorspeisen gedeckten Tisch und ließen ihrer Bewunderung freien Lauf. Der Abend begann in entspannter Atmosphäre und so endete er auch in der Nacht.

»Es wird Zeit für mich, ins Bett zu gehen«, sagte Robert und stand auf. »Ich wünsche allen eine gute Nacht und würde mich freuen, Sie alle und dich Natalie morgen früh um neun Uhr wiederzusehen. Ich möchte dann den Fahrplan für die nächsten

Tage erläutern. Sie, Khalid, hatten Interesse gezeigt, uns bei den Reisen zu begleiten. Das halte ich für eine gute Idee. Ob Sie sich für so lange Zeit von Ihren Aufgaben hier im Hotel frei machen können, müssen Sie selbst entscheiden. Also, gute Nacht.«

Raschida küsste Natalie zärtlich auf die Wangen und verabschiedete sich von ihr. Dann nahm sie Khalid in die Arme und küsste ihn. Da beide etwas abseitsstanden, hatte es niemand bemerkt. Khalid war überrascht, fasste sich aber sehr schnell. Raschidas Kuss hatte ihm sehr gefallen.

Als Raschida und ihr Vater nicht mehr zu sehen waren, wandte er sich an Natalie und lud sie zu sich nach Hause ein. Er versicherte ihr, dass sie am nächsten Morgen spätestens um acht Uhr wieder im Hotel sein würde, denn er selbst müsse noch mit seinem Vertreter einige unaufschiebbare Geschäftsvorhaben besprechen, bevor sie um neun Uhr wieder alle zusammenkämen.

Natalie spähte aus dem Fenster, konnte jedoch während der Fahrt nicht viel von der Umgebung erkennen. Nach nur wenigen Minuten erreichte der Wagen das Ziel: Ein langgezogener weißer Bungalow auf einer Anhöhe über dem Meer, mit blauen Fensterläden, inmitten einer kalkweißen Kiesellandschaft, die nur von Inseln mit kleinen Palmen und Rosenbeeten unterbrochen wurde. Das großflächige Wohnzimmer mit Panoramafenstern, die fast bis zur Decke reichten, war ultramodern europäisch mit weißen Lackmöbeln und einer weißen großzügigen Büffelledergarnitur möbliert. Im Schlafzimmer befand sich nur das Bett. Der angrenzende begehbare Ankleideraum fiel kaum auf. Eine Milchglaswand trennte den Raum vom Badezimmer aus weißem Marmor ab, wo eine übergroße Badewanne in den Boden eingelassen war. »In Deutschland gibt es für ein solches Badezimmer einen Namen. Man nennt es eine Badelandschaft. Einfach toll!«, ereiferte sich Natalie. Khalid war bereits in der im maurischen Stil gehaltenen Küche verschwunden und bereitete einen Pfefferminztee zu. Er war ein Freund starker Kontraste, sodass er in Kauf nahm, gegen alle Stilregeln zu verstoßen und zu provozieren. Zunächst hatte er gegen den Willen seines Architekten entschieden, dass die eher dunkle und farbenprächtige Küche als krasser Gegensatz zum hellen Wohnzimmer von dort aus einsehbar sein sollte. Diesen Plan einer offenen Küche konnte er aber letztlich nicht umsetzen, der Statik wegen.

Natalie war vom ganzen Haus so fasziniert, dass sie, ohne weiter darüber nachzudenken, die von Khalid angebotene, bereits angezündete Tonpfeife nahm und mehrfach daran zog. Khalid hatte sich ebenfalls eine Pfeife vorbereitet und sie genossen gemeinsam die immer stärker werdende Wirkung des Rauschmittels. Es wurde für beide eine unvergessliche Nacht.

Um Punkt neun Uhr war die gesellige Runde vom Vorabend wieder versammelt. »So, schon morgen fliegen wir nach Laâyoune und richten dort unser Arbeitsquartier ein. Von dort aus werden wir zunächst die Erschließung des südlichsten Erkundungsgebiets im Sinne unseres Auftrages koordinieren. Ich möchte, dass alle über die Entwicklung dieser Stadt, der Einwohner und der angrenzenden Region genau Bescheid wissen. Im Internet ist alles nachzulesen«, begann Robert seinen Vortrag. »Jeder von uns muss damit rechnen, dass er in eine unvorhersehbare Situation gerät. Das heißt: Mobiltelefon, natürlich täglich neu aufgeladen, Ladekabel, ein Messer und Wasser für zwei Tage sind immer dann, wenn einer unterwegs ist, am Körper zu tragen, ich betone, immer. Hier ist eine Liste, in die jeder seine Handynummer einzutragen hat. Jetzt sofort! Und dann speichert jeder von uns die Nummern der anderen. Also los!«

Es folgten weitere Direktiven und Verhaltensmaßregeln. Seine vier Zuhörer empfanden die Vorkehrungen und Vorsichtsmaßnahmen ein wenig übertrieben, aber Robert Reuter hatte nun mal das alleinige Sagen. Er bildete zwei Teams. Natalie und Raschida hatten die Aufgabe, einfühlsam mit der einheimischen Bevölkerung in und außerhalb der Stadt zu sprechen. Sie sollten dabei den Menschen alle Vorteile, die das Projekt mit sich bringen würde, aufzeigen und erläutern. Insbesondere sollten sie auf die zukünftigen Arbeitsplätze, Investitionen und die dann zwangsläufige Prosperität der Region hinweisen. Wann immer möglich, sollten sie auf politische Äußerungen achten und ihnen gegebenenfalls nachgehen, ohne sich jedoch in Gefahr zu bringen. Raschida hatte auch die Rolle einer Übersetzerin wahrzunehmen, denn nicht immer würden die Befragten französisch sprechen. Als emanzipierte Marokkanerin sollte sie resolut auftreten, wenn die Situation es erforderte. Das zweite Team bestand aus Khalid und Reuter selbst. Sie hatten die Aufgabe, die meeresnahe Region von der mauretanischen Grenze bis hoch nach Laâyoune per Hubschrauber zu überfliegen, Photos zum Zwecke einer detailgetreuen kartografischen Erhebung zu machen und auf geologische Besonderheiten zu achten.

Khalid wusste, dass ihm schwerpunktmäßig nur die Rolle eines Begleiters, bei Bedarf eines Übersetzers zukam. Für ihn stand etwas ganz anderes im Vordergrund: Er wollte von Robert akzeptiert werden und dessen Freundschaft gewinnen. Natalies wegen.

Am Ende der Besprechung sicherte Dr. Senhadji noch zu, dass alle Vorkehrungen hinsichtlich der Unterkunft und der Fahrzeuge getroffen werden, um einen reibungslosen Ablauf zu gewährleisten. Der Hubschrauber werde auf Abruf am Flugplatz von Laâyoune bereitstehen. Der Abflug dorthin mit einer Propellermaschine könne jederzeit am nächsten Vormittag erfolgen.

Natalie beäugte Raschida, die wie immer munter und fröhlich die Stimmung anheizte. »Ein verdammt hübsches Biest, und intelligent dazu!«, sagte sich Natalie. Die beiden Frauen beschlossen, den Nachmittag gemeinsam zu verbringen, die Männer wollten, jeder für sich, abschließende Vorbereitungen treffen. Natalie musste noch unbedingt einiges in der Innenstadt besorgen. Nach den Einkäufen suchten sie ein typisch maurisches Café auf und erzählten sich pausenlos Geschichten aus ihrem Leben. Sie spürten, dass sie sich vertrauen konnten, und kicherten darüber, wie sich ihre Empfindungen und Einstellungen zu den intimeren Dingen des Lebens glichen. Raschida schlug vor, sich auf die kommenden heißen Tage in der Sahara auch körperlich vorzubereiten und sich nach dem islamischen Reinheitsgebot in einem Hammam behandeln zu lassen. Kurz erklärte sie Natalie, was Inhalt dieses Gebots ist, und erkundigte sich beim Kellner nach dem nächstgelegenen Hammam. Sie verweilten nahezu drei Stunden in der ›Oase der Schönheit und Sinne‹. Am späten Abend traf man sich in der noch leeren Hotelbar. Robert setzte an, bestellen zu wollen, als der Barkeeper unter dem Tresen eine Flasche Veuve Cliquot in einem silbernen Sektkühler hervorzog und ganz stolz erklärte: »Auf Empfehlung des Direktors!« Genau in diesem Moment betrat Khalid die Bar und begrüßte überschwänglich alle Anwesenden.

»Ich freue mich auf unser Unterfangen wie ein kleines Kind. Ich freue mich, euch getroffen und kennengelernt zu haben. Oh! Entschuldigen Sie, Herr Reuter, in meinem Überschwang habe ich Sie versehentlich geduzt.«

»Lieber Khalid, der Einfachheit halber: Du kannst ›du‹ zu mir sagen. Ich heiße Robert. Nun haben wir einen Grund mehr, anzustoßen. Prost!«

Kapitel 5

Nachdem sie in Laâyoune sanft gelandet waren, bestiegen Natalie und Raschida einen großen Geländewagen, der bis an ihr Kleinflugzeug herangefahren worden war. Robert und Khalid wurden gleich zum unweit wartenden Hubschrauber geleitet. Der Pilot begrüßte beide militärisch. »Oberstleutnant Ibrahim Idrissi, zu Ihren Diensten. Ich heiße Sie willkommen und werde versuchen, all Ihre Flugwünsche zu erfüllen. Meine kleine Biene und ich werden Sie dorthin fliegen, wohin Sie wünschen.«

»Ich danke Ihnen für die nette Begrüßung, Oberstleutnant Idrissi«, sagte Robert erfreut. »Darf ich Ihnen einen Vorschlag machen? Es würde die Zusammenarbeit erleichtern, könnten wir, zumindest wenn wir unter uns sind, auf Förmlichkeiten verzichten. Ich heiße Robert Reuter, nennen Sie mich bitte Robert. Mein Begleiter ist Herr Khalid al Raisuni, er hat sicherlich auch nichts dagegen, wenn Sie ihn Khalid nennen. Wir werden Sie dann mit Ibrahim ansprechen. Sind Sie damit einverstanden, Ibrahim?«

»Ja, einverstanden«, erwiderte Ibrahim etwas irritiert. »Darf ich die Herren dann bitten, in die Maschine zu steigen, sich anzuschnallen und den Gehörschutz aufzusetzen.«

Erst als der Hubschrauber in der Luft war, löste Raschida die Handbremse des Geländewagens. Der 6-Zylinder-Motor röhrte auf, als sie Tempo gab. Sie hatte sich mit Natalie abgesprochen, wie sie vorgehen wollten: als Duo ohne vorherige Anmeldung öffentliche Stellen und Unternehmen aufsuchen, die bei der Realisierung des Großprojektes involviert werden könnten. Keiner der auch noch so terminlich gehetzten Behördenleiter oder Manager würde sich ein persönliches Gespräch mit diesen beiden attraktiven Frauen entgehen lassen wollen. Das würde zum Erfolg dieser simplen Vorgehensweise führen. Diese Vermutung sollte sich bestätigen. Die überwiegend positive Resonanz auf das Projekt überraschte Natalie und Raschida nicht, sah doch jeder der Angesprochenen eine Chance der Beteiligung an dem Projekt und demzufolge eines Gewinns. Die unterschwelligen Fragen zu Sicherheitsaspekten und denkbaren politischen Hemmnissen beantworteten die Gesprächspartner der beiden Frauen ohne zu zögern. Auch bei den teils sehr heiklen Nachfragen sprudelten sie ungeschminkt ihre persönliche Meinung heraus. Natalie war überrascht, aber Raschidas hilfreicher Hinweis auf den in Marokko fortgeschrittenen Demokratisierungsprozess und die damit einhergehende Meinungsfreiheit beruhigte sie.

Nach dem vierten Gespräch schlug Raschida vor, das Gästehaus aufzusuchen und die Zimmer in Beschlag zu nehmen. Auch würde sie sich gerne duschen, denn das Thermometer in Laâyoune zeigte drei bis vier Grad mehr an als in Casablanca. Ihr Vater hatte nicht zu viel versprochen. Die Suiten waren nicht allzu groß, aber gemütlich. Die Badezimmer, bei denen die Bauherren nicht an Fläche gespart hatten, luden zum Verweilen ein: Die Wände aus fast weißem Granit harmonierten mit dem roten Marmorfußboden und dem strahlenden Blau von Waschbecken, Bidet, Badewanne und begehbarer Dusche. An jeder Seite hingen riesige Spiegel. Die in den gleichen Farben gehaltene Toilette konnte durch eine Schiebetür betreten werden. Die Suiten lagen nebeneinander und hatten eine Verbindungstür. Natalie öffnete diese und sah Raschida an.

»Auf oder zu?«, fragte Natalie.

»Auf, natürlich! Ich habe nichts zu verbergen. Oder du etwa?«

In den frühen Abendstunden erkundeten Natalie und Raschida die nähere Umgebung und notierten die Adressen der Firmen und Behörden, die sie am nächsten Tag aufsuchen wollten. Zwar hatten sie beide unabhängig voneinander diesen kleinen

Mann mit Glatze gesehen, dessen Weg ihn wohl zufällig in dieselben Straßen führte wie sie, hatten ihm aber keine Bedeutung beigemessen.

Auf ausdrücklichen Wunsch von Khalid sollten sie die Polizei nicht befragen. Dies sei zu brisant, meinte Khalid. Die Polizeibehörden reagierten sehr sensibel, manchmal zu sensibel auf Fragen über die Sicherheit im Zusammenhang mit der Freiheitsbewegung der Saharauis.

»Hinter jedem, der Fragen stellt, könnte ein Spion der POLISARIO stecken«, hatte Khalid vor der Denkweise der Polizei gewarnt. Raschida und Natalie hatten seine informativen Ausführungen zur POLISARIO aufmerksam verfolgt, denn dass sie hier in dieser Region auf Anhänger oder sogar Vertreter dieser Organisation stoßen würden, war so sicher wie das Aufgehen der Sonne am nächsten Morgen. Beide hegten Sympathie für diese Volksfront zur Befreiung der Gebiete Saguia el Hamra und Río de Oro.

»Einst kämpften die Saharauis, also die Sahara-Einwohner, gegen die Besetzung durch die Spanier; dann, als diese die Westsahara aufgaben, nahmen sie den Kampf gegen Marokko auf. Seit 1991 soll ein Waffenstillstandsabkommen dafür sorgen, dass Ruhe in der Region östlich von Laâyoune herrscht. Dieses Abkommen ist aber eher brüchig!«, hatte Khalid erklärt.

Das Team traf sich wie verabredet im mondänen Straßencafé im Zentrum der Stadt. Raschida berichtete über die leider nur vier Gespräche, die sie geführt hätten, versprach aber für den nächsten Tag ein ergiebigeres Resultat. Robert und Khalid berichteten ausführlich von ihren Eindrücken und den vielen Aufnahmen, die sie gemacht hatten. Ihre schwärmerischen Erzählungen beeindruckten auch Natalie und Raschida.

»Der Hubschrauberpilot fliegt wie eine Eins«, sagte Khalid ganz hingerissen. »Toll, wie er die Maschine im Griff hat. Ach übrigens, er hat uns eingeladen, heute Abend bei ihm zu Hause zu speisen. Er wohnt mit seiner Familie in einem Militärcamp. Ich habe im Einvernehmen mit Robert zugesagt. Sind die Damen einverstanden?«, fragte er, die Antwort wohl wissend.

An der Einfahrt zum Militärcamp standen schwer bewaffnete Soldaten und kontrollierten jedes Fahrzeug. Als ein Offizier den Wagen mit Khalid am Steuer sah, winkte er ihn aus der Autoschlange heraus. Khalid übergab ihm eine Visitenkarte von Ibrahim und sie konnten passieren. Khalid hatte Ibrahims knappe, aber präzise Beschreibung genau im Kopf. Sie hielten vor einem Bungalow, der sich von den Nachbarhäusern durch die vielen Palmen ringsherum abhob. Sehr diskret mit einer sandfarbenen Plane verdeckt, aber dennoch erkennbar ›thronte‹ ein Maschinengewehr auf dem Flachdach.

Idrissi saß auf einem Schaukelstuhl vor der Haustür und wartete auf seine Gäste. Mit ausgebreiteten Armen begrüßte er sie und drängte sie in sein Haus. Es war spärlich, aber sehr schick möbliert. Er stellte seinen Gästen seine Ehefrau, seine vier Kinder und seine Mutter vor. Natalie und Raschida überreichten der Ehefrau eine Glasschale mit Früchten, den Kindern kleine Handcomputer. Dr. Senhadji hatte ihnen eine ganze Kiste mit Geschenken mitgegeben. Diese sollten sie – wann auch immer es angezeigt war – an Gesprächspartner oder zu sonstigen Gelegenheiten verteilen, um die Stimmung aufzulockern.

Das Abendessen war üppig und von fachkundiger Hand zubereitet. Den Gästen war es jedoch egal, ob nun die Ehefrau oder die Mutter oder beide gemeinsam das Essen zubereitet hatten. Aus den Gesprächen erfuhren sie, dass Idrissi der Kommandant der Kaserne war und schon seit drei Jahren die Befehlsgewalt in Laâyoune innehatte. Natalie und Raschida erzählten von ihren Aktivitäten und davon, was sie für den nächsten Tag geplant hatten. Idrissi krauste die Stirn und empfahl ihnen dringend, die Leute eher zurückhaltend, auf keinen Fall offensiv zu befragen. Stets sollten sie einen spontanen Rückzug ohne Wenn und Aber in Betracht ziehen, wenn sie den vorausschauenden Überblick über die Gesprächssituation verloren hätten. »Ein Rückzug im Gehen ist immer noch besser als ein Rückzug im Liegen!«, ermahnte Ibrahim seine Gäste. Damit hatte er aber auch Natalies Neugier geweckt.

»Würden Sie so freundlich sein, Ibrahim, und meinen Vater und mich über die Hintergründe zu dem, was Sie eben sagten, aufklären?«, fragte Natalie ohne ihren Blick von Ibrahims Augen abzuwenden.

»Ja, sehr gerne. Ich gehe davon aus, dass Sie die politische Geschichte der sogenannten Westsahara in groben Zügen kennen. Zu Ihrem Verständnis: Die Vereinten Nationen haben bis zum heutigen Tag kein Interesse gezeigt, den Völkerrechtsstatus dieser Gegend nach dem Abzug der Spanier zu klären. Die Folge ist, dass die gebürtigen Einwohner der Westsahara, die sich insgesamt durch die Befreiungsbewegung namens POLISARIO vertreten fühlen, mit Unterstützung insbesondere Algeriens die Demokratische Arabische Republik Sahara ausgerufen haben. Diese wird zwischenzeitlich von über hundert Staaten anerkannt«, trug Ibrahim sichtlich aufgewühlt weiter vor. »Leidtragende dieser konfusen und von Rivalität geprägten Konstellation ist die einheimische Bevölkerung, die unter der marokkanischen Gesetzgebung lebt, dies aber nach dem Willen der POLISARIO verleugnen muss. Natürlich spielen hier nicht nur historische und geographische Gründe eine Rolle; nein, es ist wieder mal das verdammte Geld, das die Hauptrolle spielt!«

Robert wusste, worauf Ibrahim anspielte. Natalie auch, Sie fragte ihn unverblümt und hielt dabei Ibrahims Blick stand:

»Ibrahim, als Juristin interessiert mich dieses Thema außerordentlich. Bitte führen Sie doch weiter aus.«

»Nicht nur wir in Marokko wissen, dass die Westsahara eine Region mit unglaublichen Bodenschätzen ist. Nach China ist Marokko allein durch das Vorkommen im Gebiet der Westsahara der zweitgrößte Exporteur von Phosphat. Marokko hält zirka 35 Prozent der Weltreserven an Phosphat! Unsere natürlichen Lagerstätten scheinen unerschöpflich zu sein. Und der Zugang zu diesen Bodenschätzen oder die Kontrolle darüber ist Hauptgrund für die vielen Begehrlichkeiten etlicher Länder. Doch als wenn das nicht schon genug wäre. Die Franzosen sind seit einigen Jahren Feuer und Flamme, mit Marokko weitere Bohrverträge zur Erschließung der Ölvorkommen vor der marokkanischen Atlantikküste abzuschließen. Sie sehen, es sind also vorwiegend die vielen wirtschaftlichen Interessen, die zu dieser – ja auch humanitären – Tragödie führen. Die Westsahara als solche mit ihrer kargen und wüstenmäßigen Landschaft, die würde ohne Bodenschätze ihr Dasein in totaler Bedeutungslosigkeit fristen. Aber näher möchte ich mich im Moment nicht dazu auslassen. Kommen Sie, ich werde Ihnen die unterschiedlichen Fluggeräte zeigen, die auf meinem Flugplatz starten und landen. Ich möchte Sie nur bitten, keine Fotos oder Filmaufnahmen zu machen. Im gesamten Kasernenbereich besteht ein absolutes Fotografierverbot. «

In einem Kleinbus besichtigte die Gruppe den Instandsetzungsbereich, die Kommandozentrale und den Tower. Robert bemerkte in einem Schuppen einen schneeweißen kleinen Jet, ohne ein einziges Kennzeichen. Er fragte Ibrahim, ob denn nicht Flugzeuge grundsätzlich mit einem alphanumerischen Code beschriftet und somit identifizierbar sein müssten. Ibrahim bejahte die Frage und senkte die Stimme:»Es ist eine Maschine vom amerikanischen Geheimdienst. Die CIA-Maschinen führen keine Staatszugehörigkeits- und Eintragungszeichen!«

Robert hatte sofort verstanden. Er erinnerte sich an die von allen Zeitungen auf der ersten Seite veröffentlichte Nachricht, der Präsident der Vereinigten Staaten von Amerika, Barack Obama, habe per präsidiale Verfügung die Schließung der geheimen CIA-Gefängnisse angeordnet. Robert wurde etwas nervös. Er rang mit dem Gedanken, Idrissi nach den Standorten der Gefängnisse zu fragen. Er holte tief Luft. Seine Worte waren kaum wahrnehmbar.

»Wissen Sie, wo die CIA-Gefängnisse zu finden sind?«

»Nein!«, zischte ihm Ibrahim leise zu.

Nach diesem erkenntnisreichen Besuch bei Ibrahim saß Robert nachdenklich in seinem Zimmer auf der Bettkante, eine Landkarte von Marokko auf dem Schoß. Immer wieder starrte er auf die zwei Orte, deren Namen ihm Ibrahim bei der Verabschiedung ins Ohr geflüstert hatte. Natalie und Raschida waren erschöpft und wollten sich gleich schlafen legen. Nur Khalid war enttäuscht. Er hatte sich den Abschluss des Tages anders vorgestellt.

Kapitel 6

Khalid hatte eine unruhige, von langen Wachperioden unterbrochene Nacht. Er war früh aufgestanden und hatte den Leiter des Gästehauses aufgesucht, den er am Empfang antraf. Sie fachsimpelten gerade über die steuerliche Absetzbarkeit insbesondere von Sonderaufwendungen im Beherbergungssektor, als Natalie den gedeckten Frühstückstisch ansteuerte.

»Guten Morgen, Natalie. Hast du gut geschlafen? Ich habe es nicht! Ich fühlte mich richtig allein gelassen, ja verlassen«, sagte Khalid mit wehleidiger Stimme.

»Khalid, setz dich bitte! Hör zu. Du gefällst mir, ja, ich mag dich, sehr sogar. Und offenbar hast auch du Gefallen an mir gefunden. Okay! Wir haben miteinander geschlafen. Aber muss das gleich eine Verpflichtung sein und Abhängigkeit voneinander bedeuten? Wir sind hier ein Team und haben eine Aufgabe zu erfüllen. Dass bei Teammitgliedern, die sich mögen, auch Bedürfnisse entstehen, liegt doch in der Natur der Sache. Dass einzelne Teammitglieder diesen Bedürfnissen nachgeben, ist ebenfalls normal. Aber daraus gleich eine tiefe Gefühlsbeziehung entstehen zu lassen, halte ich für sehr gefährlich. Wir müssen Sex und Liebe klar voneinander trennen und …«

»Diese Auffassung ist mir völlig fremd«, unterbrach er Natalie. »Wenn eine Frau sich einem Mann hingibt, dann doch nur, weil sie Gefühle ihm gegenüber verspürt, oder?«

»Siehst du, Khalid, da haben wir es schon. Dein Ansatz ist falsch. Du sprichst von ›Hingabe der Frau‹. Das klingt schon nach großen Gefühlen, und nicht nur das. Es klingt nach einer Unterordnung der Frau. Hör zu! Ich bin eine emanzipierte Frau und stehe mitten im Leben, auch ohne Mann. Wann und mit wem ich schlafe, ist meine freie Entscheidung. Und wenn ich mit einem Mann schlafe, dann bedeutet das doch nicht, dass ich ihn über alles liebe oder gleich tiefe Gefühle für ihn hege.«

»Heißt das, dass du deinen sexuellen Bedürfnissen, deinem Verlangen nach Sex einfach so nachgibst und mit einem Mann schläfst? Und vielleicht auch sogar an einem Tag mit zwei Männern?«, fragte Khalid mit gepresster Stimme.

»Nein, Khalid! So weit geht das nicht. Versuche bitte, sexuelles Verlangen einerseits und Gefühle andererseits getrennt voneinander zu sehen. Ich weiß, das ist für Männer oft nicht einfach, wenn sie sich verrannt haben. Aber die meisten aller Frauen schließen Sex ohne Liebe für sich nicht aus. Ich werde versuchen, es dir mithilfe einer Gegenfrage klarzumachen. Ich gehe davon aus, dass du als Hoteldirektor doch das eine oder andere Erlebnis oder Abenteuer mit einer Touristin aus deinem Hotel gehabt hast. Richtig?«

»Ja!«

»Wenn du also mit einer Touristin ein Abenteuer gehabt hast, spielten da von deiner Seite sofort Gefühle eine Rolle?«

»Nein! Natürlich nicht«, sagte er kleinlaut.

»Also bitte! Gleiche Rechte für Männer und Frauen. Ich schätze dich sehr, Khalid. Ich möchte auch weiterhin mit dir zusammen sein. Aber bitte gehe nicht gleich davon aus, dass bei mir Gefühle vorhanden sind, die unsere junge Beziehung zu einer auf ewige Dauer angelegten Bindung führen können.«

»Ja! Ich werde darüber nachdenken. Aber deine Worte lassen mich schon jetzt an eine gemeinsame dauerhafte Zukunft zweifeln. Natalie, im Islam ist der voreheliche Geschlechtsverkehr verboten, auch wenn in der heutigen modernen und teils aufgeklärten Zeit sich nicht alle daran halten. Wenn überhaupt Geschlechtsverkehr, dann nur, wenn auch eine gefühlsmäßige starke Bindung zwischen Mann und Frau entstanden ist. Das gilt nicht für gelegentliche Abenteuer. Ich glaube aber, dass ich durch unser schnelles Liebesabenteuer alles verspielt habe. Ich bin noch nicht ganz desillusioniert, Natalie. Aber dennoch: Lass uns einfach wieder in aller Freundschaft miteinander umgehen«, sagte Khalid und gab ihr einen Kuss auf die

Wange. Er war sich bewusst, dass auch dieses eher missglückte Gespräch das Ende seiner Hoffnungen auf eine lange Zweisamkeit mit Natalie bedeutete.

Robert und Raschida hatten sich zufällig auf dem Weg zum Frühstücksbüffet im Foyer getroffen und alberten ein wenig herum. Robert legte seinen Arm um Raschidas Taille und führte sie zum Frühstückstisch. Er zog einen Stuhl vom Tisch und lud Raschida ein, doch Platz zu nehmen.

»Darf ich Ihnen etwas Kaffee servieren, gnädige Frau?«, umschmeichelte er sie mit ironischem Unterton. »Oder sollte es heute Morgen doch eher etwas Tee sein?«

»Pa!«, wies ihn Natalie etwas genervt zurecht. »Ist alles in Ordnung mit dir?«

»Ja, natürlich! Wir waren eben nur ein wenig ausgelassen. Nun, der heutige Tag verspricht heiß zu werden. Ich hoffe, dass unsere Damen heute Abend eine größere Ausbeute als gestern präsentieren können. Khalid und ich werden gen Osten fliegen. Ich möchte mir die Gegend von Smara bis Tindouf ansehen. Aber keine Angst. Wir fliegen natürlich nicht bis Tindouf, denn wir haben ja keine Erlaubnis, in den algerischen Luftraum einzudringen. Lasst uns jetzt frühstücken und dann mit der Arbeit beginnen.«

Ibrahim wartete schon. Er hatte die Maschine inspiziert und das Auffüllen der Tanks überwacht.

Nach einer knappen, aber sehr freundschaftlichen Begrüßung hob der Hubschrauber ab. Robert zeigte ihm auf der Karte, welche Gegend überflogen werden sollte. Ibrahim stutzte und sah Robert etwas irritiert fragend an. Robert nickte unauffällig, die teure Spiegelreflexkamera hielt er fest in den Händen, jederzeit bereit, sie einzusetzen. Kurz vor der Grenze zu Algerien zog Ibrahim den Hubschrauber hoch. Er deutete auf mehrere Gebäude.

»Ich darf diese Gebäudeansammlung nicht direkt überfliegen. Das ist militärisches Sperrgebiet. Aber Sie dürfen von der Seite Aufnahmen machen, Robert. Von hier oben kann man keine Details erkennen.«

Robert war erstaunt über die Raffinesse dieses Mannes. Er ahnte, dass Ibrahim sich vor Khalid in Acht nehmen musste. Jede Anschuldigung oder unbedachte Äußerung von Khalid könnte für Ibrahim fatale Folgen haben. Robert war sich sicher, dass Ibrahim ihm ein geheimes Gefängnis zeigen wollte und sehr wohl wusste, dass die Kamera mit dem starken Zoom gestochen scharfe Bilder von dem, was sich am Boden abspielte, liefern konnte. Doch da Robert unentwegt Fotos schoss, fiel es Khalid gar nicht auf, dass Robert auch von dem militärischen Sperrgebiet viele Aufnahmen machte.

»Ibrahim, wir sollten auch noch ein paar Aufnahmen von der ›Mauer‹ machen. Dieser doch über tausend Kilometer lange verminte Grenzwall, dieses Bollwerk aus Sand und Felsen entlang der Grenze zu Algerien könnte als Argument für die Sicherheit der Solaranlagen dienen«, sagte Robert und sah Khalid an, der ahnungslos zustimmend nickte. Ibrahim bat über Funk um Erlaubnis, entlang der Mauer fliegen zu dürfen. Das marokkanische Radar hatte den Hubschrauber schon längere Zeit auf dem Bildschirm und in der Einsatzzentrale in Laâyoune um Identifizierung gebeten. Der befehlshabende Offizier wusste also, dass sein Vorgesetzter den Hubschrauber flog, und erteilte sofort die Erlaubnis. Nachdem sie einen marokkanischen Sicherheitsposten einige Kilometer hinter sich gelassen hatten, wandte sich Ibrahim an seine Passagiere.

»Meine Herren, wir werden kurz landen. Ich erkläre Ihnen alles gleich. Aber erst, wenn die Rotoren ganz zum Stillstand gekommen sind, können wir aussteigen«, sagte Ibrahim und zwinkerte Robert zu. Ibrahim ließ den Hubschrauber kurz nach links, dann wieder nach rechts fliegen. Er wiederholte das Manöver und setzte zur Landung an. Als sich die erste Schicht des aufgewirbelten Sandes gelegt hatte, sahen sie vier Gestalten mit Maschinenpistolen vor dem Hubschrauber stehen. Sie hatten sandfarbene Tarnanzüge an und hoben sich kaum von der von der Sonne ausgedörrten Umgebung ab. Ihr Gesichtsschleier in der gleichen Farbe verdeckte fast das ganze Gesicht. Nur die Augen waren frei, Augen, die wachsam jede Bewegung der Gelandeten verfolgten.

»Meine Herren, bitte bewahren Sie Ruhe. Es wird uns nichts geschehen. Vor uns stehen vier Soldaten der POLISARIO oder – wie sie sich selbst nennen – Soldaten der Demokratischen Arabischen Republik Sahara. Sie werden uns nichts tun. Wir steigen jetzt aus und erwidern ihren Gruß. Bitte überlassen Sie mir die Gesprächsführung.«

Khalid war perplex. Auch Angst zeichnete sich in seinem Gesicht ab. Er wusste von der unerbittlichen Feindschaft zwischen Marokko und der POLISARIO. Diese Feindschaft war zwar in den letzten Jahren durch den Waffenstillstand etwas zur Ruhe gekommen, aber nun befand er sich in den Händen des erklärten Feindes.

Ibrahim setzte einen Funkspruch ab und stellte sicher, dass keine marokkanische Patrouille losgeschickt wurde. Er stieg aus und wartete, bis seine zwei Fluggäste und er eine Reihe gebildet hatten. Dann ging er auf einen der Soldaten zu und streckte ihm die Hand entgegen. Der Soldat ergriff die Hand und umarmte ihn. In diesem Moment senkten die drei anderen Soldaten die Waffen und gingen auf die Gruppe zu. Alle hielten ihre Hand zur Begrüßung bereit.

Khalid tat einen Stoßseufzer und war sichtlich erleichtert. Dennoch vermochte er die Situation nicht einzuordnen: wieso diese freundschaftliche Begrüßung mit den feindlichen Soldaten?

»Meine Herren!«, sagte Ibrahim und wandte sich mit geöffneten Armen an alle. »Wir alle sprechen französisch, und da unser deutsche Gast, Herr Robert Reuter, auch französisch spricht, werden wir uns in dieser Sprache unterhalten«, bestimmte er. Die Soldaten nickten zustimmend und Ibrahim erklärte zunächst seinen Fluggästen die Situation. Er habe mit den Soldaten der POLISARIO in seinem Zuständigkeitsbereich das Signal verabredet, den in der Luft stillstehenden Hubschrauber nach links und nach rechts zu drehen, wenn er friedlich mit ihnen sprechen wolle. Alle Soldaten der POLISARIO, die sich hier entlang der ›Mauer‹ überwiegend vergraben in Lauerstellung befänden, seien darüber informiert. Beide Seiten hätten diese Art der Kommunikation akzeptiert, zumal schon aus humanitären Gründen eine inoffizielle Möglichkeit der Gesprächsaufnahme zwischen den Konfliktparteien für opportun gehalten worden war.

Ibrahim wusste, dass er spätestens nach zehn Minuten einen weiteren Funkspruch absetzen musste. Nachdem er die Einsatzzentrale beruhigt hatte, bat er den Anführer, seinen Fluggästen etwas über die ›Mauer‹ zu erzählen.

»Ich heiße Mohammed und bin hier der Sektionschef. Ich habe in Algier Politikwissenschaften studiert. Ich werde Sie jetzt mit dem, was ich

Ihnen sagen werde, ein wenig irritieren. Sehen Sie sich diesen Wall an, den man auch als Mauer bezeichnen könnte. Ist Ihnen diese Mauer ein Begriff? Haben Sie jemals von dieser Mauer gehört? Ihre Antwort kann nur lauten: Nein! Sehen Sie, in den internationalen Medien wurde die Berliner Mauer in Ihrem Land, Herr Reuter, immer wieder und wieder erwähnt. Viele Reporter haben dieser Mauer einen Namen gegeben, wie ›Mauer der Schande‹ oder ›Eiserner Vorhang‹. Kennen Sie die Mauer an der Grenze der Vereinigten Staaten zu Mexiko oder die Mauer, die die Israelis entlang der palästinensischen Gebiete gezogen haben? Ja, vielleicht auch diese! Aber kennen Sie die Mauer im Süden Marokkos, die seit Jahrzehnten die illegale marokkanische Besetzung der Westsahara praktisch zementiert? Nein! Diese Mauer ist in der Welt so gut wie unbekannt, obwohl die von uns ausgerufene Demokratische Arabische Republik Sahara zwischenzeitlich von fünfzig Ländern diplomatisch anerkannt wurde. Doch keines dieser Länder ist ein europäischer Staat.«

»Aber warum denn diese Mauer?«, fragte Robert.

»Sie könnten einen Ihrer Begleiter fragen!«, antworte der Sektionschef erregt.

»Ja, natürlich! Aber Sie würden mir einen großen Gefallen tun, wenn Sie es wären, der mich diesbezüglich aufklärt.«

»Diese Mauer schützt zum einen die Ausbeutung der weltweit größten Phosphatvorkommen und in naher Zukunft auch die Ausbeutung der Erdöllagerstätten und weiterer Ressourcen. Die Prospektion läuft schon auf Hochtouren. Und wer weiß, welche Bodenschätze noch in der Sahara versteckt sind. Zum anderen hat die Mauer eine politische Funktion. Sehen Sie, vor kurzem kamen die Gespräche zwischen der marokkanischen Regierung und der POLISARIO über die Zukunft der Westsahara zum Stillstand. Wir, die POLISARIO, fordern einen unabhängigen Staat auf dem Gebiet der Westsahara auf der Grundlage eines Volksentscheids aller Saharauis. Dagegen wendet sich Marokko mit ...«

»Ich verstehe nicht ganz – die Saharauis?«, unterbrach Robert.

»Richtig, wer kennt schon die Saharauis!«, sagte der Anführer. »Wir sind ein in der Sahara vergessenes Volk von heute ungefähr 170.000 Menschen, die als Flüchtlinge in der algerischen Geröllwüste zum Ausharren verdammt sind. Wir leben ausschließlich in Flüchtlingslagern und sind vollständig abhängig von der Hilfe internationaler Organisationen. Seit ein paar Jahren finden zwar Familienbesuche und Zusammenführungen statt, aber die Mauer soll uns Saharauis abhalten, Besitz von der Westsahara zu nehmen und an den Früchten des Exports der Bodenschätze zu partizipieren. Daran ändert auch die Tatsache nichts, dass jetzt ganz aktuell wieder die Gespräche über die Durchführung eines immer wieder verschobenen Referendums aufgenommen werden sollen. Stellen Sie sich vor, das Ergebnis würde zugunsten der Demokratischen Arabischen Republik Sahara ausfallen! Dann müsste Marokko widerstrebend die Westsahara mit all den Bodenschätzen aufgeben und die Souveränität der Saharauis anerkennen. Und das würde Marokko nie hinnehmen wollen, denn der politische Gesichtsverlust und die wirtschaftlichen nachteiligen Konsequenzen wären zu groß.«

Ibrahim stand auf. Er wies darauf hin, dass es an der Zeit war, wieder zu starten. Er ging zum Hubschrauber und holte ein großes Paket aus dem Innenraum. Ohne ein Wort zu sagen, übergab er das Paket dem Sektionschef, der sich dankbar verneigte. Sodann verabschiedeten sich er und seine Gäste von den Soldaten, die wieder hinter einem Sandhügel Schutz suchten.

Auf dem Rückflug zur Basis erfuhren Robert und Khalid, dass in dem Paket Penicillin und weitere Medikamente enthalten waren. Beide waren von den Ereignissen sehr beeindruckt und schwiegen. Das Schweigen fiel ihnen auch nicht schwer, denn Ibrahim flog nahe einer kleinen Ansammlung von zehn Zelten vorbei. Die Zelte waren in einer Fluchtlinie aufgeschlagen, den Eingang nach Osten gerichtet, Richtung Mekka. Khalid und Robert hatten ein solches Nomadenlager noch nie gesehen und staunten über die Akkuratesse, mit der die Zelte aneinander gesetzt waren.

Ibrahim landete wenige Hundert Meter entfernt, ohne gefragt zu haben, ob seine Passagiere damit einverstanden seien. Einige Dromedare begannen zu schreien, denn sie hatten Angst vor diesem unbekannten, höllischen Lärm verbreitenden Ungetüm. Aus dem Kreis der am Boden sitzenden Männer erhob sich der Caïd, der Führer der Karawane, und hieß Ibrahim und seine Gäste willkommen. Der Caïd und Ibrahim kannten sich, sie verrieten aber nicht woher. Ibrahim und die Fremden wurden in das schönste Zelt gebeten, es war das vom Caïd. Ein vermummter Mann brachte ein Silbertablett mit vier Gläsern und zwei Teekannen herein und bereitete den Tee zu. Der Caïd erzählte auf Ibrahims Bitte hin, wie strapaziös das Karawanenleben der Nomaden sei. Insbesondere der Chergui mache ihnen Sorgen, der sie zwinge, die Zelte fast komplett niederzureißen und nach einigen Stunden wieder aufzubauen. Robert sah Ibrahim fragend an.

»Chergui, so nennt man hier den Wüstenwind aus dem Süden. In Europa nennt man diesen Wind Schirokko, Robert«, erklärte Ibrahim. Sichtlich interessiert verfolgten die Gäste die anschaulichen Erzählungen des Caïd. Die Zeit verging im Nu. Sie erhoben sich und bedankten sich für den netten Empfang und den Tee. Als sie kurz danach vor dem Hubschrauber standen, kam der Caïd auf sie zu. Er hatte zwei Gläser in den Händen, gefüllt mit einer weißlichen Flüssigkeit. Ohne ein Wort zu sagen, reichte er Ibrahim ein Glas. Beide leerten ihr Glas. Dann entfernte sich der Caïd. Unter den Augen des ganzen Stammes hob der Hubschrauber ab, und die Zurückbleibenden verfolgten mit großem Staunen das mysteriöse Spektakel.

Robert fragte, was es mit den Gläsern auf sich gehabt habe. Es sei Kamelmilch gewesen, erklärte ihm Ibrahim; wer sie gemeinsam trinke, sei ebenso stark miteinander verbunden wie durch Blutsbande.

Ibrahim machte einen kleinen Umweg und überflog die Hammada des ausgetrockneten Flusses Draa, um Robert eine der heißesten Zonen der Sahara zu zeigen. Robert war von dieser nackten und dunklen Steinfläche fasziniert. Nach zehn Minuten ließ Ibrahim den Hubschrauber steigen und offerierte seinen Fluggästen einen wundervollen Blick auf von langen Sanddünen unterbrochene vegetationslose und steinige Landstriche.

Natalie und Raschida waren erleichtert, als sie endlich den Wagen mit Robert und Khalid vorfahren sahen. Die beiden Männer hatten sich um gut zwei Stunden verspätet. Eine Stunde weiter und die Frauen hätten Alarm geschlagen, so war die Abmachung. Die Männer hörten sich zunächst an, was die Frauen zu berichten hatten. Natalie und

Raschide waren erfolgreich gewesen und hatten wichtige Erkenntnisse aus den Gesprächen gezogen. So einfach, wie sich das einige Leute am grünen Tisch vorgestellt hatten, sei das Projekt allerdings nicht umzusetzen, erklärten sie. Es müsse noch viel Aufklärungsarbeit, sogar sehr viel Aufklärungsarbeit geleistet werden, um Zweifel zu beseitigen. Ein Großteil der Bevölkerung sei überzeugt, dass das Projekt für sie eher Nachteile als Vorteile bringen würde. Eine der Hauptbefürchtungen sei, dass nach den Bau- und Installationsarbeiten die Lokalkräfte durch qualifizierte Fachleute aus dem Norden ersetzt werden. Und auch von den eher punktuellen infrastrukturellen Veränderungen würde sich die lokale Bevölkerung keine breitflächigen Auswirkungen erhoffen, schlossen Natalie und Raschida ihre Zusammenfassung ab. Nur beiläufig erwähnten sie, dass sie die ganze Zeit von einem Bewunderer begleitet worden waren, der allem Anschein nach geglaubt hatte, dass sie ihn trotz seiner Glatze und auffälligen Figur nicht bemerkt hätten.

Unter dem Siegel der Verschwiegenheit erzählten dann Khalid und Robert ihr Erlebnis mit den Soldaten der POLISARIO. Khalid schaute Natalie mit prüfendem Blick an und versuchte in ihrem Gesicht zu erkennen, was in ihr vorging. Sie schien reges Interesse an seinen Ausführungen zu haben, zeigte aber keine Anzeichen einer Gefühlsregung.

Als sich die Gruppe auflöste, um sich für das Abendessen vorzubereiten, hielt er Raschida sanft am Arm zurück.

»Bleibe bitte noch ein paar Minuten, Raschida. Ich muss etwas mit dir besprechen.«

»Natürlich! Was gibt es, Khalid?«, fragte sie ein wenig perplex.

»Du wirst sicher bemerkt haben, dass ich Natalie gern habe, sehr gern sogar. Ich habe in der kurzen Zeit, die ich mit ihr verbracht habe, tiefgehende Gefühle entwickelt. Ich glaube aber, dass Natalie diese Gefühle nicht erwidert«, berichtete er mit leiser Stimme.

»Khalid, ihr Männer seid manchmal wie kleine Jungs, vor allen Dingen, wenn ihr euch Hals über Kopf verliebt habt. Lass doch bitte nicht nur dein Herz sprechen, sondern bemühe deinen Verstand. Sei mir nicht böse, wenn ich so direkt mit dir spreche, aber ich glaube, das ist notwendig. Natürlich ist mir nicht entgangen, dass du die ersten zwei Tage auf Wolke sieben schwebtest. Deine Euphorie war nicht zu übersehen. Du hast dich verrannt, Khalid. Sprich doch mit Natalie, und du wirst eine klärende Antwort bekommen.«

»Das habe ich längst. Ich habe mit ihr gesprochen und eine klärende Antwort bekommen. Aber muss ich denn gleich aufgeben?«

»Ja! Du musst aufgeben, wenn denn ihre Antwort keine andere Wahl zulässt! Doch was hindert dich daran, mit Natalie befreundet zu bleiben?«

»Aber sie hat doch schon mit mir geschlafen!«

»Ja, siehst du. Wenn Natalie etwas Längerfristiges mit dir vorgehabt hätte, wäre sie sicherlich nicht gleich mit dir ins Bett gestiegen. Sie ist aus Deutschland gekommen und wird nach Beendigung des Teilprojektes nach Deutschland zurückkehren. Khalid, bitte, wo lässt du träumen. Blicke doch der Realität ins Auge! Die macht längst nicht mehr an Grenzen halt. Hier in Marokko hat sich schließlich auch vieles verändert. Gerade du musst das doch wissen. An unseren Stränden liegen auch marokkanische Mädchen im knappen Bikini und lassen sich von der Sonne streicheln. In den Diskotheken tanzen sie ausgelassen und geben sich der Ekstase hin, oft in aufregender Kleidung. Die unaufhaltsam fortschreitende Modernisierung in unserem Land beschränkt sich doch nicht nur auf die Wirtschaft, sondern erstreckt sich doch weit darüber hinaus auf unser Denken und Handeln, auf unsere Überzeugungen, unsere Bewertungen und auch unsere Weltanschauung. Die Marokkaner sind zwischenzeitlich ein stolzes, freies und auch offenes Volk. Wir marokkanischen Frauen sind emanzipiert und werden sicher als emanzipierte Frauen von euch Männern akzeptiert und respektiert. Also, was soll denn die Tatsache, dass Natalie Sex mit dir hatte, deiner Meinung nach bedeuten? Dass sie sich dir verschrieben hat? Khalid, bitte, enttäusche mich nicht. Ich habe dir schon gesagt, dass du dich ein wenig verrannt hast, in Ordnung.

Aber jetzt habe ich dir den Kopf wieder gerade gerückt und hoffe, dass du verstanden hast. Und ich will heute beim Abendessen und in den folgenden Tagen einen humorvollen, sympathischen und den schönen Dingen des Lebens zugetanen Khalid erleben. D´accord?«

»Raschida, sag mir nur noch eins. Denken wirklich alle hübschen Marokkanerinnen so wie du?«

»Nicht nur die hübschen, Khalid! Nicht nur die hübschen!«, sagte sie und gab ihm einen langen Kuss auf den Mund.

Natalie stand im Bad.

»Natalie, wir müssen kurz über Khalid sprechen«, sagte Raschida, etwas aufgewühlt.
Sie erzählte Natalie von ihrem Gespräch mit Khalid und fragte, wie diese zu der ganzen Sache stehe. Nach Natalies kurzem Kommentar war sie beruhigt. Als Raschida ihr Interesse für Khalid offenbarte, schmunzelte Natalie.

»Weißt du, Raschida, du und Khalid, wenn ich das jetzt genau betrachte, ihr gebt eigentlich ein hübsches Paar ab. Okay! Umgarne ihn, ich bin damit einverstanden. Ich habe dann keine weiteren Probleme mit seiner vermeintlichen Liebe zu mir und du hast dein Vergnügen oder was immer aus dieser Liaison wird. Ich unterstütze dich, wo ich nur kann«, sagte Natalie, griff zum Telefon und wählte die Zimmernummer ihres Vaters.

»Pa! Du und ich sollten morgen eine erste Zusammenfassung unserer Teilergebnisse erarbeiten, sonst gehen vielleicht zu viele wertvolle Details verloren. Parallel dazu könnten doch Raschida und Khalid das Gleiche aus ihrer Sicht tun. Ich messe den Einschätzungen der beiden einen hohen Stellenwert zu, zumal beide als marokkanischer Landsleute eine ehrliche Analyse versprechen.«

»Ich weiß, warum ich dich mitgenommen habe, Natalie. Warum bin ich nicht selbst schon auf diese Idee gekommen? Ich werde die neue Zusammensetzung der Teams beim Abendessen bekannt geben. Danke. Bis gleich!«

Natalie zwinkerte Raschida zu.

Kapitel 7

Raschidas Wecker klingelte um fünf Uhr morgens. Sie war froh, der Empfehlung von Robert, früh ins Bett zu gehen, gefolgt zu sein. So konnte sie den Plan, den sie noch gestern Abend geschmiedet hatte, durchführen. Nach dem Duschen fönte sie sorgfältig ihre Haare und schminkte ihre Augenkonturen. Sie betrachte sich im Spiegel und war mit sich zufrieden.

Ihr Weg zum kleinen, so früh noch seelenlosen Konferenzraum führte sie am Empfang vorbei. Sie bestellte eine Kanne Kaffee und ein Croissant. Vor dem Einschlafen war sie sich darüber bewusst geworden, dass es ihre Aufgabe als Projektmitarbeiterin war, die Zusammenfassung zu fertigen, und Khalid, der aus ganz anderen Motiven heraus die Gruppe begleitete, eigentlich keine Verantwortung zu tragen hatte. Sie notierte sich Stichwörter und skizzierte eine erste Rohgliederung. Dann fügte sie zu jedem Punkt ihre gewonnenen Erkenntnisse ein und unterstrich die aussagekräftigsten Passagen. Darüber, und nur darüber wollte sie eingehend mit Khalid diskutieren. Sie wollte Zeit gewinnen, um den zweiten Teil ihres Planes ohne Druck umsetzen zu können.

Punkt neun Uhr betrat Khalid das Konferenzzimmer. Er blieb kurz im Türrahmen stehen und bewunderte Raschida, insbesondere ihre Löwenmähne.

»Ich wusste nicht, dass es Engel mit schwarzen Haaren gibt. Raschida, du siehst bezaubernd aus. Wie soll ich da widerstehen?«, sagte er und gab ihr einen Kuss auf die Stirn.

»Wer sagt denn, dass du widerstehen musst? Aber dazu später. Wir haben viel Arbeit vor uns, doch ich habe die wichtigsten Fragen schon herausgefiltert. Wenn wir uns beeilen, schaffen wir die Sache bis Mittag. Apropos, ich wünsche dir einen guten Morgen.«

»Guten Morgen, Engel. Lass uns anfangen. Je schneller wir fertig werden, umso mehr können wir diesen herrlichen Tag genießen.«

Intensiv setzten sie sich mit den von Raschida vorbereiteten Fragen auseinander und auch den Text ihrer Zusammenfassung erarbeiteten sie gemeinsam. Khalid formulierte und Raschida schrieb. Sie staunte nicht schlecht, denn Khalids schnellen und dennoch sorgfältigen Analysen ließen keine Kritik zu.

»Khalid, ich bin sehr überrascht! Du zeigst ja erstaunliche Fähigkeiten. Das habe ich so gar nicht erwartet. Alle deine Thesen treffen die Sachverhalte punktgenau und die Antithesen schüttelst du nur so aus dem Ärmel. Deine Abwägungen sind brillant. Woher kannst du das so toll?«

»Wenn ich mich in einer Gefühlssache wie ein kleiner Junge verrannt habe, dann bedeutet das doch nicht, dass ich ein kleiner Junge bin, oder? Du weißt noch so wenig von mir, Raschida.« Raschida stand auf und setzte sich auf seinen Schoß. Der tiefe Ausschnitt ihres Hemdchens zog Khalids Augen in seinen Bann. Raschida senkte ihren Kopf und küsste ihn unmissverständlich. Teil zwei ihres Planes hatte begonnen.

Robert und Natalie hatten vier Stunden ununterbrochen debattiert und die zu diesem Zeitpunkt wichtigsten Aspekte in Kurzform zusammengetragen. Natalie sollte nun die Ergebnisse ausformulieren und durch juristische Folgefragen ergänzen. Robert wollte den Nachmittag nutzen, um ein Gespräch mit Ibrahim zu führen.
Wie immer war es unproblematisch, zu ihm vorgelassen zu werden. Der Soldat im Vorzimmer teilte Robert mit, dass der Herr Oberstleutnant zwar Besuch habe, aber den Befehl gegeben habe, Robert jederzeit Zutritt zu gewähren. Der Soldat klopfte leise und öffnete langsam die Tür. Ibrahim saß an seinem Schreibtisch. Vor ihm saß ein Offizier mit - nach den goldenen Sternen auf den Epauletten zu urteilen - hohem Dienstgrad. Kaum hatte er Robert erkannt, erhob er sich, ging um

den Tisch herum und begrüßte Robert nahezu überschwänglich.

»Schön, dass Sie gekommen sind, Robert. Ich möchte Ihnen Major Samir vom hiesigen Militärischen Abschirmdienst vorstellen. Ich hatte ihm gerade berichtet, dass wir gestern den Soldaten der POLISARIO das Paket mit den Medikamenten übergeben haben.«

»Angenehm! Robert Reuter«, sagte Robert und hielt dem glatzköpfigen Major die Hand hin.

»Angenehm! Major Samir«, erwiderte der eher übergewichtige Major und drückte Roberts Hand. »Wissen Sie, die Versorgung der Flüchtlinge mit Medikamenten dient als vertrauensbildende Maßnahmen. Diese Leute sind arm dran, das wissen wir. Wir versuchen alles, damit es der Bevölkerung in diesem umstrittenen Gebiet einigermaßen gut geht. Alles andere ist Politik. Ich habe von Oberstleutnant Idrissi gehört, dass Sie einen Wunsch vorzutragen haben. Bitte!«

Robert zögerte, denn er war sich der Brisanz seiner Bitte bewusst. Er wollte keine Irritationen hervorrufen. »Aber mehr als ablehnen kann der Major nicht«, schoss ihm durch den Kopf. Robert holte tief Luft.

»In den Medien, insbesondere im Internet wird ungeschminkt über schlechte Verhältnisse in den marokkanischen Gefängnissen berichtet. Auch wird über geheim gehaltene Gefängnisse erzählt, insbesondere hier im Süden. Könnten Sie mir Näheres darüber sagen oder mir sogar eine Besichtigung eines dieser Gefängnisse ermöglichen?«, fragte Robert.

»Wissen Sie, die marokkanischen Gefängnisse weisen natürlich nicht den Standard auf wie die Gefängnisse in Deutschland. Aber auch in den marokkanischen Gefängnissen gibt es staatliche Kontrollen, die darauf achten, dass alle Richtlinien eingehalten werden. Sicherlich gibt es Verstöße, aber Herr Reuter, gibt es die nicht auch in Deutschland? Ich habe gehört, dass in Deutschland ein Insasse, der in einer Polizeizelle auf einer Pritsche fixiert war, bei lebendigem Leibe verbrannt ist. Auch soll es Inhaftierte geben, die merkwürdigerweise Hämatome aufweisen, die sie vor der Festnahme noch nicht hatten. Immer wieder erfährt man, dass in deutschen Gefängnissen Folter, Morde und sonderbare Selbsttötungen vorkommen. Nun fragen Sie sich vermutlich, was ich damit sagen will? Ich will damit sagen, dass Gefängnisse oder Gewahrsamszellen keine geeigneten Orte sind, um sich eine Meinung über die Einhaltung der Menschenrechte zu bilden.«
Robert erkannte, dass es keinen Sinn hatte, sich mit dem Major auseinanderzusetzen. Im Grunde genommen war seine Bitte auch recht abwegig. Was hatte er als Besucher in einem Gefängnis in der Sahara zu suchen?

»Sie haben völlig recht, Major!«, sagte Robert.

Am Abend traf sich die um Ibrahim erweiterte Gruppe im Konferenzsaal des Gästehauses, um die Arbeitsergebnisse vom Vormittag zu diskutieren. Mehr als fünf Stunden führten sie eine lebhafte Diskussion. Jeder hatte viel zu sagen, die Äußerungen der anderen wurden ergänzt oder konstruktiv kritisiert. Robert war mit dem Gesamtergebnis sehr zufrieden und beauftragte Natalie, innerhalb der nächsten drei Tage ein vorlagefähiges Exposé zu fertigen. Raschida sollte zurück zu ihrem Vater fahren und ihm berichten. Robert brauchte eine für ihn wichtige Rückmeldung von Dr. Senhadji. Er wollte Gewissheit, ob die Gruppe bis dahin im Sinne des Auftraggebers gearbeitet hatte.

Um Mitternacht begaben sich alle in den menschenleeren Speisesaal. Khalid hatte zwischendurch ein leichtes Menü für alle und zwei Flaschen Rotwein bestellt. Offenbar war es die Erschöpfung, die alle ein wenig albern sein ließ. Sie hatten viel Spaß und vergaßen die Zeit. Erst um drei Uhr morgens beendeten sie ihre fröhliche Runde. Raschida legte ihren Zeigefinger erst auf ihren, dann fest auf Khalids Mund, und deutete so einen innigen Kuss an. Sie wünschte ihm eine gute Nacht. Er nahm ihre Geste hin ohne ein Wort zu sagen.

Am nächsten frühen Morgen erreichte Robert ein Anruf, der für ihn völlig überraschend alle weiteren Planungen und sonstigen Arbeitsschritte in Laâyoune zunichtemachte: Dr. Senhadji bat die

Gruppe, unverzüglich nach Casablanca zurückzukehren.

Dort angekommen, erwartete sie schon der Hotelbus, den Khalid zum Flughafen beordert hatte. Der Fahrer lud das umfangreiche Gepäck ein und manövrierte den Wagen wieselflink durch die überfüllten Straßen bis zum Hotel. Auf der Strecke wandte er sich an seine Fahrgäste auf dem Rücksitz, die mit blassen Gesichtern seine Fahrkünste verfolgten.

»Wissen Sie, der Fahrstil der Marokkaner ist gewöhnungsbedürftig, aber längst nicht so unfallträchtig wie in vielen Ländern Europas. Hier in Marokko geben sich die Autofahrer Handzeichen, hupen oder betätigen die Lichthupe und regeln so untereinander den Verkehr. Alle halten sich daran, keiner erzwingt die Vorfahrt oder sonst einen Vorteil.«

Khalid saß völlig unbekümmert auf dem Beifahrersitz, Robert, Natalie und Raschida immer noch voller Unruhe und gespannter Aufmerksamkeit auf der Rückbank, denn die Worte des Fahrers hatten nicht den beabsichtigten Effekt hervorgerufen. Sie gaben dem Fahrer weiterhin Hinweise auf mögliche Gefahren vor ihnen, die der Fahrer stets mit einem *Merci* bestätigte, ohne aber seine Fahrweise zu ändern.

Dr. Senhadji saß in einer der vielen Sitzecken im Foyer des Hotels und trank genüsslich einen Pfefferminztee, der mit Mandelkugeln serviert wurde. Sie waren sein Lieblingsgebäck, diese dezent nach Rosenwasser, Zitronensaft und Zimt schmeckenden Leckereien. Plötzlich war es vorbei mit der angenehmen Ruhe im Foyer. Die Angestellten schalteten drei Gänge höher und übten sich in Geschäftigkeit. Einer von ihnen hatte den herannahenden Hotelbus mit dem Hoteldirektor erspäht und das für solche Situationen verabredete Signal gegeben.

Es war ein kurzer, aber freundlicher Empfang, den Dr. Senhadji den Ankömmlingen bereitete. Seine Tochter nahm er in die Arme, drückte sie fest an sich, gab ihr einen Kuss auf die Stirn und murmelte ihr zu, sie sei die schönste aller Töchter auf dieser Welt. Dann bat er Robert, ihn auf sein Zimmer begleiten zu dürfen.

»Herr Reuter, Sie wollen doch sicherlich erfahren, warum ich das ganze Team zurückbeordert habe. Ich möchte Ihnen das jetzt erklären und Sie bitten, Ihr Team entsprechend zu informieren, jedoch ohne Nennung der Details.«

»Spannen Sie mich nicht auf die Folter. Was haben wir falsch gemacht, oder ist etwas passiert?«, fragte Robert gereizt.

»Ihr Team hat zweifelsohne sehr gut gearbeitet, meine Tochter Raschida hatte mir telefonisch immer kurze Sachstandsberichte geliefert, wie Sie wissen. Ich war somit immer auf dem Laufenden. Ihr Zwischenbericht, Herr Reuter, wird meine Grundeinschätzung sicherlich nur verstärken. Aber Sie haben, wie jedes andere Teammitglied auch, durch Ihre Aktivitäten die Leute vor Ort, insbesondere die Saharauis, in Unruhe versetzt. Das werden Sie sicherlich nachvollziehen können. Die Leute dort sind von den Inhalten des Projekts und den Befragungen durch Ihr Team überrascht worden und sind nun sehr irritiert und natürlich total überfordert. Das hätten wir bedenken müssen, wir hätten unsere Vorgehensweise in gewisser Weise an die Verhältnisse anpassen müssen. Damit will ich sagen, dass wir die völlige Unkenntnis der Leute hätten berücksichtigen müssen. Zum Teil ist es meine Schuld, denn ich hätte vorab Aufklärungskampagnen durchführen lassen müssen. Der Personenkreis, der hätte angesprochen werden müssen, ist ja nicht so groß. Die Regierung ist über die entstandenen Irritationen nicht sehr erfreut, verstehen Sie?«

»Ja, das verstehe ich. Aber wir arbeiten doch erst seit ein paar Tagen vor Ort. Und erst ansatzweise angestellte Überlegungen sollen bei der örtlichen Bevölkerung zu Irritationen geführt haben, noch dazu bereits den Weg in Regierungskreise gefunden haben? Das geht mir ein wenig zu schnell, Dr. Senhadji. Was ist hier los?«

»Herr Reuter, Sie müssen berücksichtigen, dass jedes Land, ob Deutschland oder Marokko oder irgendein anderes Land, spezifische Sensibilitäten zeigt, zum Beispiel, wenn Begebenheiten von dritter Seite thematisiert werden, die einem Tabu unterliegen, oder sonstige brisante Fragestellungen. Verstehen Sie?«

»Ja! Jetzt habe ich verstanden. Es tut mir leid, sehr leid.«

»Ich danke für Ihr Verständnis. Aber die momentane Entwicklung bedeutet ja nicht, dass wir gänzlich aufhören müssen. Lassen Sie ein wenig Zeit verstreichen, und wir führen die Arbeit fort, so in zwei oder drei Monaten. Sind Sie damit einverstanden?« Ohne Roberts Antwort abzuwarten, setzte Dr. Senhadji erneut an. »Nun möchte ich Ihnen noch Folgendes mitteilen. Seitdem unsere Initiative an die Öffentlichkeit gegangen ist, haben sich die Lobbyisten für die Energiegewinnung aus Windkraft in fast allen Küstenländern der Europäischen Union sehr ins Zeug gelegt und etliche Argumente gegen unsere Initiative vorgebracht. Dem müssen wir unbedingt etwas entgegensetzen. Ich möchte, dass Sie mit Ihrer Tochter nach Deutschland zurückkehren und ein Gegenpapier entwerfen. Sie wissen schon: Was, wenn kein Wind bläst? Dann stehen die Rotoren still. Die Sonne aber, die scheint immer. Was ist mit der Zerstörung der Meeresböden, die zur Fixierung der gesamten Windkraftanlagen durchbohrt werden müssen? Nicht so bei der Errichtung unserer solarthermischen Anlagen. Die werden nur am Boden befestigt. Was passiert mit dem Ökosystem an den Küsten, der Meerestier- und -pflanzenwelt? Welche wirtschaftlichen Auswirkungen haben die Windkraftanlagen auf den Fischbestand und demzufolge auf den Fischfang?«

»Gut, das will ich gerne als Auftrag annehmen und danke Ihnen für Ihr ungebrochenes Vertrauen in meine Arbeit.«

»Und außerdem könnten Sie Ausschau halten nach Deutschen, die schon einmal längere Zeit, ich meine Jahre, in Marokko gelebt haben und gewillt sind, dort zu arbeiten. Diese Deutschen kennen die arabische, somit die marokkanische Mentalität und könnten uns sehr gute Dienste hier leisten. Ideal wären auch jung gebliebene Rentner oder Pensionäre. Die kosten nicht so viel, verfügen jedoch über Berufs- und Menschenerfahrung! Meine Präferenz liegt eindeutig bei diesem Personenkreis. Also schicken Sie mir zeitnah einen Kostenvoranschlag für diesen neuen Auftrag, bitte.« Dr. Senhadji verabschiedete sich und ging.

Khalid hatte nach seiner Rückkehr sofort alle Hände voll zu tun, um die aufgelaufenen Fragen seiner engsten Mitarbeiter zu beantworten. An der Rezeption hatte er die Telefonnummern aller Teammitglieder und die von Dr. Senhadji hinterlegt. Damit wollte er sicherstellen, dass er sich jederzeit mit jedem aus dem Team verbinden lassen konnte.

Natalie und Raschida warteten im Foyer auf das, was nun weiter geschehen würde. Als Raschida ihren Vater aus dem Fahrstuhl kommen sah, eilte sie zu ihm hin. Auch Natalie erhob sich und ging erwartungsvoll auf ihn zu. Dr. Senhadji erklärte ihnen, dass er alles mit Natalies Vater besprochen habe. Er wechselte das Thema und regte an, dass Raschida Natalie am nächsten Morgen abholen und ihr die schönen Gesichter Casablancas zeigen solle. Höflich nahm Natalie die Einladung an und verabschiedete sich von beiden.

Ohne anzuklopfen, betrat sie das Hotelzimmer ihres Vaters.

»Nun, was ist denn los?«, fauchte sie ungeduldig. Robert saß in einem tiefen Ledersessel und schaute seine Tochter mit ernster Miene an.

»Natalie, offenbar habe ich einen Fehler gemacht. Was ich dir jetzt sage, muss aber unter uns bleiben! Ich habe mich als Privatperson in eine innere Angelegenheit eines fremden Landes eingemischt. Und das sollte man nie tun, Natalie. Ich habe mir einfach keine Gedanken über mögliche Befindlichkeiten gemacht, als ich mein Interesse kundtat, ein marokkanisches Gefängnis besuchen zu wollen. Und ausgerechnet einen Beamten vom Militärischen Abschirmdienst habe ich darauf angesprochen! Natürlich musste der sofort seine Dienststelle informieren; dann hat die Sache offensichtlich eine Eigendynamik bekommen. Tja! Nun sind wir hier. Aber wir werden nur eine Weile pausieren und dann mit dem Projekt fortfahren. Zwischenzeitlich nehmen wir einen neuen Auftrag von Dr. Senhadji in Angriff, mein Kind. Es geht um ein Exposé *Solarthermisches Kraftwerk versus Windkraftanlagen*, also um die Vor- und Nachteile beim Bau und dem Betrieb der einen und der anderen Anlage. Ein Schwerpunkt wird das Thema *Eingriff in die Natur durch maritime Windkraftanlagen* sein, Natalie. Denke nur an die riesigen geplanten Offshore-Windparks in der rauen Nordsee. Was muss der Meeresboden aushalten, wenn die Fundamente eingerammt werden? Welche Auswirkungen haben die durch die Rammarbeiten verursachten Schallemissionen? Ich will erst gar nicht an die Auswirkungen durch den permanenten aerodynamischen Schallpegel und den irritierenden Schattenwurf der Windräder denken. Das gesamte angrenzende Ökosystem wird erheblich gestört, wenn nicht zerstört! Die Befürworter der Windkraftanlagen aus der Ökoszene denken zu einseitig und haben nur die Vermeidung neuer Atomkraftwerke vor Augen. Sie sehen aber nicht das Desaster, das in der Meerestiefe beim Einrammen und Trassieren angerichtet wird. Du siehst, Natalie, eine verantwortungsvolle und auch schwierige Aufgabe wartet auf uns.« Robert erhob sich aus dem Sessel und rezitierte seinen Lieblingsspruch frei nach Dürrenmatt: *„Die Natur gibt sich so unerschöpflich. Und der Mensch nutzt sie gedankenlos aus. Und im Gefühl, der Herr aller Dinge zu sein, schreckt er* *vor nichts zurück, vor keinem Luxus, vor keinem Unsinn, vor keiner Verschwendung, vor keiner Verschmutzung, vor keiner Vernichtung!"*

»Ich vermute, Pa, dass nicht nur die Umwelt- und naturschutzrelevanten Themen, sondern auch die Finanzierung derartiger Offshore-Windparks ein sehr wichtiges Gegenargument ist«, ergänzte Natalie. »Politiker und Techniker wissen doch heute schon, dass maritime Kraftwerkparks im Vergleich zu den terrestrischen Anlagen finanziell unrealistisch sind. Eine jede Windkraftanlage im Meer ist erheblich teurer als eine auf dem Land. Man spricht hinter vorgehaltener Hand von dreißig bis vierzig Prozent.«

Kapitel 8

Natalie hatte den Rest des Tages im *Chez Nofretete*, dem Wohlfühlbereich des Hotels, verbracht. Überall hingen Bilder von dieser ägyptischen Schönheit. Nach der Sauna ließ sie sich massieren. Eine Friseurin brachte einen Hauch von Henna in ihr glänzendes Haar. Dann ließ sie sich noch von einer Kosmetikerin schminken. Aus Spaß hatte sie deren Frage, ob es denn auch etwas aufdringlicher sein dürfte, bejaht. Am Ende der Prozedur betrachtete sich Natalie im mannshohen Spiegel. Die Kosmetikerin hatte all ihre Fertigkeiten unter Beweis gestellt: Natalie schaute in Nofretetes Ebenbild; sie sah eine nicht zu überbietende Schönheit. Sie war so begeistert, dass sie sofort Raschida anrief.

»Das musst du sehen, Raschida. Ich sehe aus wie Nofretete. Du, lass uns morgen alle gemeinsam frühstücken. Mein Vater und ich werden um acht Uhr im Foyer auf dich und Khalid warten. Dann könnt ihr das Ergebnis bestaunen. Ich werde es noch zuvor von der Kosmetikerin auffrischen lassen, denn einiges wird die Nacht sicherlich nicht überstehen.«

Robert und Natalie hatten beschlossen, Raschida und Khalid in ein typisch maurisches Café einzuladen. Entspannt warteten sie um acht Uhr am nächsten Morgen auf einem langen Diwan im Foyer und beobachteten den Hoteleingang. Ein Polizeifahrzeug, ein moderner und eher luxuriöser Kleinbus, hielt unmittelbar vor dem Portal. Zwei Beamte in Zivil stiegen aus und steuerten auf den Empfang zu. Sie sprachen kurz mit dem Leiter der Rezeption, der sich betroffen an die Stirn fasste. Die Mitarbeiterin, die neben ihm stand, schrie kurz auf und rannte weinend in das Hinterzimmer. Robert und Natalie schauten sich an. Offenbar hatten die beiden Polizisten eine schlechte Nachricht überbracht. Der Rezeptionschef schrieb etwas auf einen Zettel und reichte ihn an die Polizisten weiter. Beide Polizisten griffen zu ihren Mobiltelefonen. Mehr und mehr Hotelangestellte sammelten sich am Empfang und redeten aufgeregt durcheinander. Einige wenige weinten, die meisten fluchten schreiend. Andere standen einfach nur still da, tief betroffen. Robert drängte es, Näheres zu erfahren. Doch irgendeine innere Stimme warnte ihn, nicht noch einen Fehler zu begehen und seine Neugier im Zaum zu halten. Um sich abzulenken, wendete er seinen Blick vom Geschehen ab und zwang sich, aus dem Fenster zu schauen. Er sah, wie mit rasender Geschwindigkeit sich ein Fahrzeug näherte und mit kreischenden Bremsen quer vor dem Eingang zum Stehen kam. Er erkannte

sofort Dr. Senhadji, der aus dem Auto heraus-
sprang und zum Empfang lief. Dann hörte Robert
wieder kreischende Bremsen. Es war ein großer
Geländewagen. Nun erblickte er Tajeddine, der
trotz seiner Körperfülle hastig ausstieg und zum
Empfang rannte.

»Das ist der Mann, mit dem ich mich während
des Fluges nach Casablanca so angeregt unterhalten habe«, zischte Robert seiner Tochter irritiert
zu. Sein Bedürfnis, zu erfahren, was es mit den
Ereignissen auf sich hatte, wuchs immens, doch er
konnte sich noch im Zaum halten. Aufmerksam
verfolgte er, wie die Polizisten ruhig, aber heftig
gestikulierend den beiden Männern irgendeine Situation schilderten. Dr. Senhadji fuhr sie herrisch
an und Tajeddine schüttelte einen der Polizisten,
der sich aber nicht wehrte und alles mit sich machen ließ. Robert erklärte sich das Verhalten des
Polizisten mit der hohen gesellschaftlichen Stellung von Dr. Senhadji und Tajeddine.

»Los! Los!«, schrien Dr. Senhadji und Tajeddine
die Polizisten an. Die vier verließen das Hotel,
stiegen in den Polizeibus ein und fuhren mit einge-
schaltetem Blaulicht und Sirenengeheul fort.
Robert und Natalie warteten noch wenige Sekunden und begaben sich dann langsam zum Empfang.

»Entschuldigen Sie bitte, aber was ist passiert?«,
fragte Robert vorsichtig.

»Etwas ganz Schlimmes. Wir können es nicht fassen. Nein, es ist unfassbar!«, antwortete der Rezeptionist.

»Entschuldigen Sie bitte, aber was ist unfassbar?«, hakte Robert nach.

»Diese verdammten Lastwagenfahrer, die auf unübersichtlichen Straßen und in Kurven überholen und wohl auch Wettrennen veranstalten. Dass diese Verbrecher nicht aufgehängt werden, das ist unfassbar, mein Herr!«

»Können Sie mir das ein bisschen näher erklären, bitte!«, fragte Robert nunmehr etwas bestimmter.

»Es war ein Vierzigtonner, der größte und schwerste Lastkraftwagen, den es im Straßenverkehr gibt. Er hat ihn frontal getroffen.«

»Wen, bitte, hat er frontal getroffen?«, fragte Robert.

»Na! Den Wagen von Herrn Khalid al Raisuni, unserem Hoteldirektor. Er war in Begleitung von Frau Raschida Senhadji. Beide waren auf der Stelle tot und bis zur Unkenntlichkeit entstellt, sagten die Polizisten.«

Robert und Natalie wollten so lange in Casablanca bleiben, bis sie die wesentlichen Punkte der Ergebnissammlung von Khalid und Raschida in ihren Bericht eingearbeitet hatten. Sie brauchten zwei volle Tage, um sich nach den beiden herzzerreißenden Bestattungen, die von einer immens großen Trauergemeinde begleitet wurden, wieder einigermaßen zu fangen. Die Leere, die sie umgab, war für beide zermürbend. Mit allen Mitteln versuchten sie, sich abzulenken, was ihnen jedoch nicht gelang. Ihnen fehlte die körperliche Präsenz von Khalid und Raschida, ihre Stimmen, ihr Lachen. Es war der Gedanke an die Endgültigkeit, der sie in die schauerliche Tiefe der Traurigkeit riss, der Gedanke, die beiden würden nicht mehr um die Ecke biegen oder mit ihnen am Tisch sitzen oder mit ihnen debattieren. Sie fuhren nach Rabat, nach Marrakesch und flogen nach Tanger, aber es gab kein Ziel, das ihre Gedanken in eine andere Richtung lenken konnte.

In Tanger saßen sie abends auf der luxuriösen Dachterrasse ihres Hotels und schauten über den Ozean auf die spanische Küste, als der Ober Robert ein weißes Telefon brachte.

»Ein Anruf für Sie, mein Herr«, sagte er höflich und entfernte sich in einer tiefen Verbeugung. Robert war überrascht, denn er konnte sich keinen Reim darauf machen, woher der Ober wusste, dass er derjenige war, den der Teilnehmer am anderen Ende verlangt hatte.

»Hier spricht Tajeddine al Raisuni. Robert, sind Sie es?«, fragte Tajeddine.

»Ja, ich bin es. Guten Abend. Wie geht es Ihnen, Tajeddine?«

»Es geht. In meiner Seele ist es wie ein Schachbrett, auf dem nur eine Figur steht. Aber ich werde schon damit fertig. Wissen Sie, nach dem Krebstod meiner Frau, Khalids Mutter, haben wir – mein Sohn und ich – uns nur noch der Arbeit gewidmet. Wir haben fünfzehn Stunden und mehr gearbeitet, um anschließend todmüde ins Bett zu fallen. So haben wir die erste Zeit ganz gut überstanden. Und das Gleiche mache ich jetzt auch. Doch mich regt auf, dass die Polizei immer noch nicht den flüchtigen Fahrer gefunden hat und den Unfallablauf nicht genau rekonstruieren konnte. Aber es gibt einen Lichtblick. Ich habe von den Vereinten Nationen einen neuen Auftrag erhalten. Ich muss nach Deutschland und habe mir gedacht, Sie könnten mir mit einem Rat oder einem Hinweis behilflich sein. Wann sind Sie zurück in Casablanca? Dann könnte ich Ihnen von meinem Auftrag erzählen. Und bringen Sie bitte Ihre Tochter mit. Sie ist eine angenehme Person. Wie geht es ihr?«

»Danke! Es geht ihr ganz gut. Ja, wir werden bald nach Casablanca zurückkommen. Ich rufe Sie an, sobald wir dort sind. Auf Wiederhören, Tajeddine.«

Robert und Natalie warteten im Foyer des Hotel Val d´Anfa auf Tajeddine. Sie hatten sich gehütet, auf dem Diwan Platz zu nehmen wie vor ein paar Tagen, als sie die brutale Hiobsbotschaft erhielten. Tajeddine trug einen schwarzen Anzug und ein dunkelblaues, sehr dezent gestreiftes Hemd mit schwarzer Krawatte. Sein Gesicht war blass, dunkle Ränder unterstrichen seine eingefallenen Augen. Er umarmte beide und drückte sie fest an sich.

»Khalid hatte mir täglich über Ihr Team und dessen Arbeit berichtet. Er war wie ausgewechselt und voller Tatendrang. Er bewunderte Sie, Robert, in welcher Harmonie Sie mit Ihrer Tochter zusammenwirkten. Ich glaube, Natalie, er mochte Sie sehr. Er sagte mir, er hätte die Frau fürs Leben gefunden. Warum er aber mit Raschida alleine im Auto saß, als es passierte, verstehe ich nicht«, sagte Tajeddine grüblerisch. Natalie war froh darüber, dass Khalid seinem Vater offenbar nicht alles erzählt hatte, und überlegte, ob mit der ›Frau fürs Leben‹ nicht vielleicht Raschida gemeint war.

»Tajeddine, wie kann ich Ihnen helfen?«

»Ich sagte Ihnen ja schon, dass ich einen neuen Auftrag erhalten habe. Die Vereinten Nationen haben sich für mich entschieden, weil ich Muslim bin und die Gewähr dafür biete, das Thema kritisch zu durchleuchten.«

»Und wie lautet das Thema?«, fragte Natalie.

»Oh! Natürlich! Das Thema lautet *Bildung als Motor einer Integrationsoptimierung in Deutschland.* Ein sperriger Titel, ich will Ihnen kurz erläutern, worum es geht. Wie Sie wissen, versucht eine Minderheit der türkischen und türkischstämmigen Staatsbürger in Deutschland, sich gesellschaftlich und wirtschaftlich zu integrieren, und hat auch Erfolg damit. Es handelt sich um statusorientierte

Migranten aus allen Generationen, die den Wunsch nach materiellem und beruflichem Aufstieg haben. Dazu zählen auch die Intellektuellen und die sogenannten Performer, die oft eine bikulturelle Identität ohne Schwierigkeiten annehmen und leben. Die Mehrheit aber lebt ganz bewusst in einer Parallelgesellschaft. Sie schotten sich gezielt von allem ab, was nicht türkisch oder muslimisch ist, und verweigern somit die Integration. Es sind die streng religiös verwurzelten Migranten, die sich gegenüber dem deutschen Staat und der deutschen Gesellschaft abschotten. Sie öffnen sich nur dann, wenn das unausweichlich ist, zum Beispiel, wenn es um die Beantragung von Sozialleistungen oder behördlichen Genehmigungen geht. Und die Frage, warum das so ist, ist einfach zu beantworten. Es geht um die Einhaltung der starren Religionsregeln, um den Wunsch, die eigene Kultur zu bewahren und darum, den absoluten Rückkehrwillen ins Heimatland nicht zu gefährden. Wichtigster Bezugspunkt ist die Religion, der Islam. Und das Fundament des Islam ist der Glaube, im alleinigen Besitz der Wahrheit zu sein. Dieses Fundament ist für diese Menschen unumstößlich. Daher kommt es ihnen gar nicht in den Sinn, ihre Glaubenssätze auch nur ansatzweise zu hinterfragen, geschweige denn, die Bereitschaft aufzubringen, sich Argumenten der Vernunft zu öffnen und sich möglicherweise von überholten Dogmen zu befreien. Es gibt Leute, die behaupten, der Islam sei von starren Vorurteilen geprägt. Bitteschön, wenn es denn so wäre und wenn eine Reform angestrebt wäre: Wer sollte bestimmen, mit welcher Ausrichtung und mit welchen Inhalten eine solche Reform zum Zuge kommen sollte? Der Islam kennt kein Oberhaupt oder eine mit dem Vatikan vergleichbare Institution, die Reformen initiieren könnte«, sagte Tajeddine.

»Und die Kultur?«, fragte Robert

»Sie ist von der Religion, die der Tradition ihr Kleid gibt, so gut wie untrennbar. Wissen Sie, als ich in Deutschland studierte, habe ich eigene Erfahrungen gemacht, wie die Integration von Minderheiten verläuft. Ich habe vier Jahre fast ununterbrochen in Deutschland gelebt. Ich weiß, wovon ich rede. Meine Auftraggeber wollen, dass ich das Thema generationsspezifisch angehe, also auch unter dem Gesichtspunkt der demografischen Entwicklung in Deutschland. Hilfreich wäre es daher, wenn ich meine Arbeit mit einer etablierten türkischen Familie, also mit mindestens zwei Generationen unter einem Dach, beginnen könnte, die mir ehrlich und ohne Scheu meine Fragen beantwortet.«

»Tajeddine, das dürfte kein großes Problem sein. Warten Sie, vielleicht haben wir Glück«, sagte Robert, zog sein Mobiltelefon aus der Tasche und wählte eine Nummer. Er sprach lange, berichtete seinem Gesprächspartner von seinem Auftrag in Marokko und davon, dass er die charmante Familie al Raisuni kennengelernt habe, erklärte, wer Tajeddine sei und welchen Auftrag dieser in Deutschland zu erfüllen habe. Dann war es an Robert zuzuhören, etwa drei Minuten lang. Nachdem er das Gespräch beendet hatte, griff Robert nach Tajeddines Hand.

»Tajeddine, das eben war ein sehr netter Türke mit einer noch netteren Frau und noch netteren Kindern, was sage ich, Jugendlichen. Sie sind sehr gut etabliert und haben einen riesigen Freundeskreis, Deutsche wie Türken. Und andere Nationalitäten gehören auch dazu. Cem Atalay ist sein Name. Und ich soll Ihnen von Herrn Atalay ausrichten, dass er Ihren Auftrag für absolut wichtig und dringlich hält und dass Sie, Tajeddine, während Ihres Aufenthaltes in Frankfurt selbstverständlich sein Gast sind und in seinem Haus wohnen werden. Ach ja, und noch etwas hat er gesagt: keine Widerrede!«

Kapitel 9

Nach einem angenehmen Flug landeten alle drei zwei Wochen später in Frankfurt. Tajeddine übernachtete bei Robert. Das Frühstück nahmen sie stets bei Natalie ein. Dann begleitete Robert ihn zu Cem. Nach einer kurzen Begrüßung und ein paar allgemeinen Worten entschuldigte sich Robert, dass die Arbeit ihn rufe, und verabschiedete sich.

»Herr al Raisuni, ich freue mich, Sie in meinem Haus begrüßen zu dürfen. Ich bin sehr interessiert an Ihrem Thema und werde Ihnen behilflich sein, wo ich nur kann. Lassen Sie sich Zeit bei Ihrer Arbeit, denn nur dann wird sie von Erfolg gekrönt sein.«

»Ich danke Ihnen sehr, denn ich bin sicher, dass Sie mir wertvolle und vor allen Dingen verwertbare Auskünfte geben können. Wenn Sie wollen, könnten wir gleich anfangen, oder wie sieht Ihr Zeitplan aus? Ich möchte Ihnen nicht zur Last fallen, Herr Atalay.«

»Ich denke, wir sollten uns in meinem Betrieb unterhalten. Dort kann ich Ihnen möglicherweise auch weitere Gesprächspartner vorstellen.«

»Ja, sehr gerne. Wissen Sie, ich habe Vorgaben erhalten und müsste mich zunächst persönlich zum Stand der Dinge informieren, also Gespräche mit Erwachsenen und Jugendlichen führen.«

»Gut! Dann schlage ich vor, dass Sie mit mir und meiner Frau anfangen, dann später mit meiner Tochter und meinem Sohn fortsetzen. Meine Kinder sind selbstbewusst und kritisch. Sie werden ja selbst sehen. Meine Frau ist schon im Betrieb. Sie ist dort meine ›rechte Hand‹. Ich halte es für außerordentlich wichtig, dass Interna aus dem Geschäftsführungsbereich nicht durch Indiskretionen weitergeleitet werden. Außerdem ist sie mein wichtigster Ratgeber. Sind Sie mit dieser Planung einverstanden?«

»Das ist mehr, als ich erwarten konnte. Ich danke Ihnen sehr.«

Cem beschrieb als Erstes seine Jugend in der Türkei. Seine Eltern hatten dafür gesorgt, dass er in Istanbul die besten Schulen besuchen konnte. Er wohnte bei seinem strengen Onkel und seiner immer Verständnis zeigenden Tante. Zu seinem einundzwanzigsten Geburtstag überreichte ihm die versammelte Familie einen Umschlag. Er war neugierig, denn schon Tage zuvor hatte es immer wieder Flüstergespräche am Telefon zwischen seinem Vater und seinem Onkel gegeben. Das einzige Wort, das er damals aufgeschnappt hatte, war *Almanya*. Cem konnte sich sehr gut daran erinnern, wie seine Hände zitterten und ungeschickt den Umschlag öffneten. Er hatte zwei Schreiben und einen Reisepass in den Händen. Als er das erste Schreiben las, wurden ihm die Knie weich. Er nahm das zweite Schreiben und las. Dann begann er zu weinen und umarmte abwechselnd seinen Vater und seine Mutter. Sein Onkel kam auf ihn zu und klopfte ihm auf die Schultern. Er forderte ihn auf, sich den Reisepass anzusehen. Diese kleine Unterbrechung nutzte Cem, um sich wieder zu fangen. Die zwei Schreiben, die er in der Hand hielt, waren die Genehmigungen, in Deutschland arbeiten zu dürfen. Der Arbeitgeber stand fest und ein Scheck über einige Hundert Dollar sollte ihm helfen, die Zeit bis zum ersten Lohn zu überbrücken.

»Wissen Sie, Herr al Raisuni, schnell habe ich erkannt, dass meine Aussichten in Deutschland sehr gering sein würden, wenn ich die deutsche Sprache nicht beherrschte. Ich habe mir in einem Ramschladen für zwanzig Pfennig ein gebrauchtes Kinderbuch gekauft, ein Buch für Kinder im Alter von vier bis sechs. Dann habe ich die kurzen Texte gelesen, auswendig gelernt, laut gesprochen und immer wieder abgeschrieben. Später habe ich diese Sätze abgeändert und von vorn begonnen, immer wieder. Einen deutschen Arbeitskollegen habe ich gebeten, mich immer zu korrigieren, wenn ich einen Fehler machte. Mit meinen Landsleuten habe ich nur deutsch gesprochen, was oftmals zu Ärger geführt hat. Nach sechs Monaten habe ich beim

Goethe-Institut einen Kurs *Deutsch für Anfänger* belegt und mir sprachlich immer schwierigere Bücher gekauft. Und heute spreche ich deutsch, wie die Deutschen! Sie sehen, wenn man will, geht alles. Nur die Mühe, große Mühe muss man sich machen, und das, Herr al Raisuni, ist heute bei vielen in der jüngeren Generation nicht mehr selbstverständlich.«

»Sie waren eine Ausnahme, Herr Atalay!«

»Keineswegs. Die jungen Araber und Türken, mit denen ich damals zusammengearbeitet habe, haben alle denselben Weg beschritten. Wir wussten doch alle, dass wir unbedingt deutsch sprechen können mussten, wenn wir etwas werden wollten in Deutschland. Ich habe nur gearbeitet und in meiner Freizeit Deutsch gelernt. Erst fünf Jahre später habe ich meine Familie das erste Mal wiedergesehen. Tja, und heute bin ich da, wo ich bin. Oben!«

»Herr Atalay, darf ich Ihnen anbieten, mich bei meinem Vornamen Tajeddine nennen. Abgekürzt kann man auch Taj sagen. Mein Angebot gilt natürlich auch für Ihre ganze Familie. Ich glaube, es ist für alle Beteiligten dann sehr viel einfacher.«

»Eine gute Idee. Meine Familie wird dies heute beim Abendessen gerne annehmen, natürlich vice versa. Ich heiße Cem. Das ist schon kurz. Nennen Sie mich bitte einfach Cem.«

Cem nahm einen kurzen Umweg zu seinem Betrieb. Tajeddine konnte vom Beifahrersitz aus feststellen, dass Cem in einer Gegend für Wohlhabende wohnte. Sie verließen bald die Innenstadt und fuhren in Richtung des Industriegebietes, beide in Gedanken versunken. Als Cem abbremste und durch eine breite Einfahrt fuhr, las Tajeddine das große Firmenschild am Bürogebäude: *Atalay – Industrie- und Städtereinigung GmbH*. Links und rechts lagen scheinbar überdimensionierte Hallen. Das ganze Areal war von einer mannshohen Ilex-Hecke umzäunt.

»Links ist der Fuhrpark. Insgesamt 42 Fahrzeuge. Rechts ist die Instandsetzung. Ich habe fast hundert Mitarbeiterinnen und Mitarbeiter und einen Umsatz von etwas mehr als zwanzig Millionen Euro«, trug Cem nicht ganz ohne Stolz vor. Er beobachtete Tajeddine aus den Augenwinkeln, um seine Reaktion aufzunehmen.

»Sie haben es ganz offensichtlich geschafft, Cem. Mein Kompliment.«

Cem stellte Tajeddine seiner Frau Ayse vor. Sie begrüßte ihn herzlich und stellte ihm ein wenig stolz ihr Verwaltungsteam vor, bestehend aus zwei Buchhalterinnen, zwei Schreibkräften und zwei Personalsachbearbeiterinnen. Die von ihr eingesetzte Doppelbesetzung der drei Aufgabenbereiche sei Ausdruck des sogenannten Vier-Augen-Prinzips, mit dem sie und ihr Mann bislang nur gute Erfahrungen gemacht hätten, erklärte sie. Dass ausschließlich Frauen die administrativen Tätigkeiten erledigten, sei als Gegengewicht zu den

ausschließlich von Männern besetzten Reinigungs-
teams gedacht, ganz im Sinne des Gender-
Mainstreaming-Ansatzes, der eine Gleichstellung
der Geschlechter auf allen gesellschaftlichen Ebe-
nen zum Ziel habe. So könne einer männerdomi-
nierten Arbeitswelt entgegengewirkt werden und
außerdem die Hemmschwelle für die männlichen
Arbeitskräfte herabgesetzt werden, wenn diese sich
für ihre Arbeitsbelange an Frauen wenden müssten.

Cem bat um Kaffee und Plätzchen und zog sich
mit Tajeddine in sein luxuriös eingerichtetes Büro
zurück. Er kam ins Plaudern und erzählte Tajeddine, wie er nach anstrengenden Lehrjahren beschlossen hatte, sich selbstständig zu machen, wie
er seinen Betrieb von Jahr zu Jahr vergrößerte,
immer weiter expandierte, um schließlich da anzu-
kommen, wo er heute stand. Zwischendurch hatte
er seine geliebte Frau Ayse geheiratet, die ihm
nach drei Jahren einen Sohn und ein Jahr später
eine Tochter schenkte.

»Cem, darf ich wieder auf mein Thema zurückkommen? Wie erklären Sie sich die momentane
Aufregung in Deutschland, was die Integration
von Migranten anbelangt?«, fragte Tajeddine be-
hutsam.

»Taj, wir können über dieses Problem ganz offen
sprechen und Sie können mir auch delikate Fragen
stellen. Ich bin da hart im Nehmen. Ich kann aber

nur über meine türkischen Landsleute sprechen, denn hinsichtlich andersstämmiger Migranten in Deutschland habe ich wenig Erfahrung.«

»Dann sagen Sie mir doch, was Ihrer Meinung nach die Knackpunkte sind, Cem.«

»Was immer wieder jeder Diskussion vorangestellt werden müsste, aber meistens vergessen wird, ist die unterschiedliche Kultur, die unterschiedliche Mentalität. Türken und Deutsche unterscheiden sich diesbezüglich kolossal. Die Deutschen müssen lernen, wie sie mit den Türken umzugehen und zu sprechen haben. Nur dann kann ein fruchtbarer Dialog entstehen. Dieses Defizit müsste schnellstens behoben werden. Dann sollten sich die Deutschen darauf besinnen, dass sie als Deutsche die Gastgeber sind und die Türken die Gäste. Im Allgemeinen richtet sich der Gast nach den Vorschlägen und Angeboten des Gastgebers. Ich beobachte aber gegenwärtig eine Spirale von Forderungen, die vonseiten der Gäste vorgetragen werden und sehr unglücklich – auch von den deutschen Medien – kommuniziert werden.«

»Was meinen Sie, wenn Sie von Forderungen sprechen, Cem?«

»Die Forderung, dass an deutschen Schulen am Ende des Fastenmonats Ramadan für muslimische Schülerinnen und Schüler schulfrei gegeben werden soll. Die Forderung, dass an deutschen Schulen ein Raum der Stille für das muslimische Mittagsgebet zur Verfügung gestellt werden soll. Die

Forderung, dass an deutschen Schulen Religionsunterricht für Muslime angeboten werden soll. Die Forderung, dass muslimische Mädchen vom Schwimmunterricht befreit werden sollen. Die Forderung, dass Kruzifixe in Schulklassen abgehängt werden sollen. Und es gibt noch eine Reihe von weiteren Forderungen, die allesamt der Integration abträglich sind. All dies führt nicht zu einer Integration der jüngeren Migranten, sondern trennt sie von der gesellschaftlichen Wirklichkeit in Deutschland. Und das ist auch von einigen Entscheidern mit Migrationshintergrund so gewollt.«

»Wie meinen Sie das?«

»Heute spricht man sogar über die Gründung einer Migrantenpartei. Was soll denn das Ziel einer solchen Partei sein? Doch nur die flächenmäßige Umsetzung aller von mir eben erwähnten Forderungen, zum Beispiel. Angenommen, drei Millionen Deutsche würden in der Türkei leben, glauben Sie, dass die Türkei es zulassen würde, dass die Deutschen eine Partei gründen? Nein, natürlich nicht! Die Türkei würde solch ein Unterfangen einfach ignorieren und die Initiatoren auslachen«, erklärte Cem. »Wir müssen den gegenwärtigen Realitäten ins Auge sehen. Die meisten Türken wollen sich nicht integrieren. Die Gründe sind nicht nur vielfältig, sondern allen Beteiligten bekannt. Feststellen kann man, dass die Deutschen inkompetent sind, die Fragestellung ergebnisorientiert anzugehen, und dass viele Türken gelernt haben, sich in Deutschland eben wegen dieser deutschen Inkompetenz immer stärker mit ihrer zielgerichteten und isolationistischen Kulturpolitik zu positionieren. Feststellen kann man auch, dass die Deutschen, ob Politiker oder Bürger, Angst haben, gleich in die fremdenfeindliche Ecke gestellt zu werden, wenn sie über Integration in Deutschland diskutieren, ja nur hierüber reden. Warum lernt Deutschland nicht von den Franzosen, die ja nun eindeutig mehr Erfahrungen mit Migrationsproblemen haben. Die Franzosen schließen mit allen Neuzuwanderern einen Integrationsvertrag ab. Darin werden diese verpflichtet, die französische Sprache zu erlernen, sich aus- und fortbilden zu lassen, auch was die Pflichten eines jeden auf dem französischen Territorium anbelangt. Könnte ein abgewandelter Vertrag nicht auch für die bereits ansässigen Migranten ausformuliert werden? So, lieber Taj, nun verdauen Sie erst mal, was ich Ihnen gesagt habe. Ich schlage vor, dass wir mit meiner Frau ein renommiertes türkisches Restaurant der *fine cuisine* aufsuchen. Der Chefkoch ist bekannt für seine rote Linsensuppe. Und sein Grillspieß erst! Sie werden seine Küche sehr mögen.«

Am Nachmittag hatte sich Tajeddine in das für ihn vorbereitete Gästezimmer zurückgezogen. Das Zimmer stand dem eines Luxushotels in nichts nach: eine Sitzecke, ein Schreibtisch und ein

Himmelbett. Er war etwas ungeduldig, denn er wollte bis zum gemeinsamen Restaurantbesuch seine ersten Erkenntnisse schriftlich festgehalten haben. Er schaute nachdenklich aus dem Fenster. »Der Garten wäre bei jedem Gestaltungswettbewerb unter den Ersten prämiert worden«, ging ihm durch den Kopf. Um den Rasen herum wechselten sich Blumenbeete, Großsträucher, Zierobstbäume und Wasserbecken harmonisch ab. Tajeddine bewunderte diese perfekte Aufteilung und erinnerte sich an ein Sprichwort, das sein Vater fast täglich vor Beginn seiner täglichen Gartenarbeit rezitierte:

Mensch sein heißt Gärtner sein.
Pass Dich dem Schritt der Natur an; ihr Geheimnis heißt
Geduld.

Die Kinder des Hauses lernte Tajeddine am Abend kennen. Zina war ein bemerkenswert schönes Mädchen. Ihre langen, welligen schwarzen Haare unterstrichen ihre schlanke, wohlproportionierte Figur. Sie war nur zwei Jahre jünger als ihr Bruder Rakim, der mit seinen achtzehn Jahren vor dem Abitur stand. Tajeddine war erstaunt über das zurückhaltende Verhalten der beiden Jugendlichen beim Abendessen. Sie verfolgten aufmerksam die Konversation der Erwachsenen und antworteten nur, wenn sie gefragt wurden. Tajeddine hatte das Gefühl, dass ihre Disziplin und Zurückhaltung etwas übertrieben waren, und bemühte sich, Zina und Rakim durch direkte Fragen in die Gespräche einzubeziehen. Er glaubte, bei Cem eine Art Genugtuung festzustellen, Genugtuung über die sachlichen Antworten seiner Kinder. Vor dem Nachtisch forderte Cem seine Kinder auf, ihren Tag zu schildern. Was sie berichteten, wurde eingehend erörtert. Die Eltern hörten aufmerksam zu und erteilten, wenn denn angebracht, gute Ratschläge. Tajeddine wurde erklärt, dass es sich um ein tägliches Ritual handele, das streng eingehalten werde. Nach einem Mokka räumten Zina und Rakim den Tisch ab, während sich Tajeddine, Ayse und Cem in die Bibliothek zurückzogen.

»Sie wundern sich vielleicht, Tajeddine«, sagte Ayse fast flüsternd, »aber nicht nur das Abräumen bei Tisch, sondern auch die sonstigen Hausarbeiten werden von beiden gemeinsam erledigt. Als meine Tochter alt genug war, im Haushalt mitzuhelfen, habe ich meine Kinder von Anfang in diese Richtung erzogen. Ich halte es für sehr wichtig, dass beide einen Sinn für Gleichberechtigung entwickeln und dieses Verständnis nicht nur temporär bleibt, sondern ständig ihr Denken und Tun begleitet.«

»Mich würde interessieren, ob dieser Gedanke in anderen türkischen, aber auch deutschen Familien gelebt wird, Frau Atalay.«

»Darüber können Sie sich gerne auch mit den Kindern unterhalten. Die werden Ihnen sicherlich

Interessantes zu sagen haben. Tajeddine, spielen Sie eigentlich Schach?«

»Ja! Ich glaube, sogar sehr gut. Warum fragen Sie?«

»Es mag Ihnen vielleicht ungewöhnlich vorkommen, aber ich als Frau spiele auch sehr gerne Schach, und das seit zwanzig Jahren. Darf ich Sie also zu einem Spiel herausfordern?«
Cem beeilte sich zu sagen, dass er noch einiges an Bürokram aufzuarbeiten habe und entschuldigte sich. Ayse gewann alle zwei Partien, ohne dass Tajeddine eine Chance hatte, zumindest eine Partie zu seinem Gunsten zu entscheiden. Kurz nach Mitternacht kehrte Nachtruhe im Hause Atalay ein, nachdem sich alle um sieben Uhr zum Frühstück verabredet hatten. Tajeddine hatte sich vorgenommen, den morgigen Tag im Hause zu bleiben, um an seinem Bericht weiterzuschreiben. Er hatte schon so viele Informationen erhalten und befürchtete, einiges zu vergessen oder Zusammenhänge nicht mehr richtig wiedergeben zu können.

Als sich nach dem Frühstück alle von Tajeddine verabschiedet hatten, begab er sich sofort in die Bibliothek. Auf einem geordneten Zeitungsstapel hatte er am Vorabend die zuoberst liegende Sonderausgabe einer erziehungswissenschaftlichen Fachzeitschrift entdeckt, die seine Neugier als Sozialwissenschaftler geweckt hatte. Auf dem Deckblatt war in großen roten Buchstaben zu lesen:

Keine TÜV-Plakette für Eltern von Schülern. In dem Bericht ging es um die Ergebnisse einer Faktenerhebung bei deutschen und ausländischen Eltern sowie deren Auswirkungen auf die schulischen Leistungen der Kinder. Außerdem wurden eine Reihe von Empfehlungen an Eltern, Schule und Staat gegeben. Tajeddine interessierte sich überwiegend für die Ergebnisse der Faktenerhebung. Sie waren vernichtend. Er las den Artikel sehr aufmerksam und notierte sich die wesentlichsten Aussagen:

- *Der deutsche Staat kümmert sich um angehende Angler, die ihre umfangreiche Anglerkompetenz u.a. durch Teilnahme an Lehrgängen nachweisen müssen. Ebenso verhält es sich mit angehenden Jägern oder Autofahrern. Junge Menschen aber, die ein Kind in die Welt setzen, werden hinsichtlich ihrer zukünftigen Elterneigenschaften (Rechte und Pflichten, Erziehungsmethoden, Familienleben) vom Staat allein gelassen.*

- *Kinder kommen in die Schule, ohne gefrühstückt zu haben, und zeigen auch demzufolge schlechte Leistungen aufgrund von Konzentrationsmängeln. Gleiches gilt auch für unausgeschlafene Kinder.*

- *Kinder haben einen unkontrollierten Medienkonsum und sehen bis tief in die Nacht fern. Psychosomatische Auffälligkeiten, Ängste, die bis zu Depressionen führen können, werden durch die überwiegend schockierenden Bilder und Berichte geschürt. Gewaltverherrlichende Videospiele führen zu einer Verrohung der Gefühle und Herabsetzung der Hemmschwelle zur Gewaltausübung.*

- *Kinder haben zu Hause wenig oder keine Ansprache und verwildern. Gründe hierfür: Mangelnde Erziehung, keine Vermittlung von Tugenden, geistige Überforderung und oftmals Zeitmangel der Eltern führen zu sich auflösenden Familienstrukturen.*

- *Kinder werden schulisch von den Eltern kaum begleitet. Grund hierfür sind oftmals die mangelnden intellektuellen Fähigkeiten der Eltern.*

- *Eltern machen, trotz dieser ihnen anzulastenden Fakten, allein die Schule bzw. die Lehrer für die ›Minderleistungen‹ ihrer Kinder verantwortlich.*

Tajeddine las entsetzt, dass in den fünfundvierzig Minuten einer schulischen Unterrichtsstunde die Lehrkraft vor schier unlösbare Probleme gestellt werde. Die Lehrkraft müsse immer wieder für Disziplin in der Klasse sorgen, den Rahmen für Aufmerksamkeit und konzentriertes Arbeiten schaffen, eine Motivation für den Lernstoff erzeugen – und diesen dann auch noch nachhaltig vermitteln. Das schwächste Kind habe einen Anspruch darauf, gezielt vom Pädagogen ›mitgenommen‹ zu werden. Auf der anderen Seite erwarteten die überwiegend fordernden Eltern, dass die individuelle Entwicklung ihres Kindes im Vordergrund stehe. Auch müsse der Lernstoff so vermittelt werde, dass gängige handlungsorientierte Kompetenzen beständig eingeübt würden.

Tajeddines Gedanken wanderten zurück in seine eigene Schulzeit. Kaum hatten die Schüler das Klassenzimmer betreten, herrschte absolute Ruhe. Die Augen aller Schüler waren auf den Lehrer gerichtet, die Ohren aller Schüler lauschten dem, was dieser sagte. Von seinem engsten Freund, der in Paris ein privates Krankenhaus betrieb, wusste er, dass in Frankreich auch heute noch die Autorität der Lehrer unangetastet war. Warum es in Deutschland so anders war, vermochte er sich nicht zu erklären. Kopfschüttelnd las er, dass in Deutschland sogar eine nicht geringe Zahl von Eltern per Gerichtsurteil die Versetzung ihres Kindes oder eine bessere Note durchsetzten.
Tajeddine wollte seinen Gedanken eine andere Richtung geben und begab sich zu den Bücherregalen. Sein erster Blick fiel auf ein Buch, das die Geschichte von Ältestenräten behandelte. Das Buch fesselte ihn bis zum frühen Nachmittag. Er hörte, wie draußen auf der Straße ein Motorroller abgestellt wurde, und kurz darauf kam Zina herein und begrüßte ihn herzlich. Zina ging in die Küche, schob schnell einen von Ayse vorbereiteten Auf-

lauf in den Ofen und deckte den Tisch für zwei Personen.

»Herr al Raisuni, meine Eltern kommen erst heute Abend, zwar früher als sonst, weil Sie hier sind, aber eben erst heute Abend. Mein Bruder Rakim fährt nach der Schule erst zum Sport, dann gibt er wie an jedem Schultag zwei Stunden Nachhilfe. Auch er wird erst gegen achtzehn Uhr zurück sein. Mein Vater sagte mir, Sie hätten Säcke voller Fragen. Nach dem Essen möchte ich nur schnell meine Hausaufgaben machen, dann stehe ich Ihnen gerne zur Verfügung.«

Ihr Lächeln verzauberte ihn. Auf Zinas Frage, ob er Kinder habe, antwortete er spontan.

»Ja! Einen Sohn. Einen wunderbaren Sohn! Könnten Sie ihn sehen, Zina, würde er Ihnen gefallen. Der Franzose sagt: *Quel bel homme.* Und das ist richtig! Er hat erst Hotelmanagement in der Schweiz studiert, dann Business an der Stern-Universität in New York. Er sollte im nächsten Jahr zum Staatssekretär im Ministerium für Wirtschaftsförderung und -planung ernannt werden.«

»Warum sollte? Möchte er nicht mehr?«, fragte Zina.

»Doch, wenn er könnte, würde er es. Aber er ist tot«, sagte Tajeddine, und zog sein Taschentuch hervor. Zina war betroffen, von der Nachricht, aber mehr noch von diesem Mann, der im Bruchteil einer Sekunde in Trauer verfiel. Betreten sah sie nach unten.

»Es tut mir sehr leid«, sagte sie, kaum wahrnehmbar. Kurze Zeit später lächelte Tajeddine sie an und strich ihr über die Wange. Zina empfand diese Geste als angenehm und versuchte sich zu erinnern, wann ihr Vater sie zum letzten Mal gestreichelt hatte. Da Tajeddine keine Anstalten machte, mehr von den unglücklichen Umständen, die zum Tode seines Sohnes geführt hatten, zu erzählen, fragte Zina auch nicht nach. Ihre Hausaufgaben warteten auf sie.

Tajeddine saß in der Bibliothek, als Zina ihn eine Stunde später aufsuchte. Sie hatte zuvor eine Kanne Kaffee gebrüht und zwei vergoldete Teller mit Plätzchen belegt. Sie stellte das Tablett auf einem Beistelltischchen ab und bediente Tajeddine und sich.

»So! Es kann losgehen. Fragen Sie. Ich werde antworten.«

»Aller Anfang ist schwer. Vielleicht beschreiben Sie sich, Zina. Das wäre doch ein guter und sicherlich weiterführender Anfang!«

»Ich bin vor sechzehn Jahren in Deutschland geboren worden, fühle mich als Deutsche, auch wenn man unzweifelhaft meine ausländische Abstammung erkennt. Ich habe überwiegend türkische Freundinnen, die ebenfalls in Deutschland geboren sind, sich aber zum Teil nicht als Deutsche fühlen. Ich lebe mit meinem Körper, meinem Kopf und meinem Herzen in Deutschland. Ich besitze die deutsche Staatsangehörigkeit, weil meine Eltern die im Gesetz festgeschriebenen Voraussetzungen hierfür erfüllen. Gleiches gilt übrigens für meinen Bruder. Meine Eltern sind für mich Vorbilder, auch für meinen Bruder, gestern wie heute.«

»Sie sagten, Sie hätten auch türkische Freundinnen, die nicht so wie Sie fühlen. Was meinen Sie damit, Zina?«

»Wie ich die Sache sehe, gibt es zwei Gruppen junger Türken, egal ob nun Jungs oder Mädchen. Die einen, die nicht hier geboren sind, sondern vor ein paar Jahren zugezogen sind. Die haben Schwierigkeiten, sich unter die Deutschen zu mischen. Der Grund liegt allein darin, dass sie die deutsche Sprache gar nicht oder nur mangelhaft beherrschen. Also bleiben sie eher unter sich und tauschen sich in ihrer Heimatsprache aus. Nur wenige haben den Mut, das zu durchbrechen und sich mit großem persönlichen Aufwand der Herausforderung zu stellen und auf die Deutschen zuzugehen.«

»Und die zweite Gruppe?«

»Das sind diejenigen, die hier geboren sind. Und hier gibt es wiederum zwei Gruppen. Die erste Untergruppe besteht aus Jugendlichen, die schon ihre Kindheit in einem streng abgeschirmten türkischen Umfeld verbracht haben. Einer meiner besten Freunde sagte mir, er lebe zwar mit seinem Körper in Deutschland, mit dem Herzen aber in der Türkei. Er hat auch eine Begründung dafür. Ihn habe seine Erziehung überzeugt und auch die dahinter stehende religiöse und weltanschauliche Auffassung vom Sein, die ihm seine Eltern und älteren Verwandten vorlebten. Es gebe keine Notwendigkeit für ihn, die türkischen Kreise in Deutschland zu verlassen. Diese Gesellschaft sei sehr gut etabliert und verfüge auch über eine eigene soziale Infrastruktur. Die zweite Untergruppe junger Türken, von der ich sprach, hat Eltern und Verwandte, die – ohne dass sie ihre Identität aufgegeben haben – die Zeichen der Zeit erkannt haben.«

»Was meinen Sie mit Zeichen der Zeit?«

»Dass ihre Kinder in diesem fremden Land nur dann eine Zukunft haben, wenn sie die deutsche Sprache beherrschen, die Denkweise der Deutschen verstehen und den Ausbildungsweg gehen, den auch die Deutschen gehen. Bildung, Bildung und noch mal Bildung, heißt deren Devise. Und nur diese ist der richtige Weg. Es gibt so viele Menschen in dieser Untergruppe, dass sie der integrationsunwilligen türkischen Mehrheit geradezu ein Dorn im Auge sind. Respekt hat man nur vor den Arrivierten aus dieser Gruppe, also vor denjenigen, die zum Beispiel in zugelassenen politischen Parteien oder sonstigen Organisationen eine höhere Funktion innehaben.«

»Sie kennen sich aber gut aus, Zina.«

»Muss ich ja. Sie können sich nicht vorstellen, welchen großen Anfeindungen ich in fast allen integrationsunwilligen Familien meiner türkischen Freundinnen ausgesetzt bin. Doch soll ich deswegen meine Freundinnen nicht mehr besuchen? Nein! Ich stelle mich den Diskussionen und versuche, meinen Standpunkt klarzumachen. Auch wenn ich diesen Familien den Spiegel vorhalte und sie bitte, einmal über die zahlreichen auch jungen Schulabgänger mit Migrationshintergrund nachzudenken, die die Schule mangels deutscher Sprachkenntnisse berufsausbildungsunfähig verlassen, wird dieser Fakt einfach ignoriert. Erfolg, damit meine ich eine Bereitschaft, die Thematik gedanklich anzugehen, hatte ich bei meinen Gesprächen noch nie.«

»Wo sehen Sie einen ersten Handlungsbedarf?«

»Unermüdliche und intensive Aufklärungsarbeit bei Menschen mit muslimisch geprägter Kultur, die sich dem Integrationsprozess verschließen, heißt die Lösung. Parallel dazu eine staatliche Verpflichtung ohne Ausnahmen, die deutsche Sprache zu lernen. Wenn die jüngsten und jungen Türken die hiesige Sprache in Wort und Schrift beherrschen, dann können sie auch in deutschen Schulen und Ausbildungsbetrieben mithalten. Sonst bleibt dieser Unterschied ständig bestehen. Sie sind defizitär und empfinden sich auch so. Und das ist hier das eigentliche Problem. Einige türkischstämmige Parteipolitiker bezeichnen das als eine Maßnahme zur ›Zwangsgermanisierung‹. Diesem Unsinn wird seitens der aufgeklärten Türken glücklicherweise kein Gehör geschenkt. Die Unaufgeklärten dagegen klammern sich an solche Aussagen fest.«

Tajeddine bedankte sich bei Zina und erklärte ihr, dass er ihre Einschätzungen nunmehr einordnen müsse und diese daher gerne mit denen einer zweiten Person vergleichen wolle. Zina bot von sich aus an, ihren Bruder entsprechend zu informieren.

Rakim kam an diesem Abend früher als gewohnt nach Hause. Er rief Tajeddine über das Haustelefon an und verabredete sich mit ihm in der Bibliothek. Auch er konnte seine ausländische Abstammung nicht verleugnen. Die Unterredung verlief im gleichen Geiste wie die mit Zina. Rakim hob insbesondere hervor, dass die mangelnden Sprachkenntnisse nur bedingt den Migranten selbst anzulasten seien. Die größere Schuld trage die deutsche Politik, die es versäumt habe, das Erlernen der deutschen Sprache als Verpflichtung für alle einzuführen, die am Leben in Deutschland voll partizipieren wollten. Diese Inkompetenz sei seiner Meinung nach typisch deutsch.

»Langsam wachen die Deutschen aber auf und werden sich der Bedeutung, sich selbstbewusst auch zu ihrer Sprache zu bekennen, bewusst. Das sieht man auch an einem anderen, von der Migrationsproblematik völlig losgelöstem Beispiel«, führte Rakim aus. »Es ist noch gar nicht lange her, als ein deutscher Parteivorsitzender und ein deutscher Parlamentspräsident seitens anglofoner Journalisten in Deutschland aufgefordert wurden, eine Frage auf Englisch zu beantworten oder im Kontext mit einem internationalen Thema eine offizielle Rede auf Englisch zu halten. Aber das haben die Politiker sinnvollerweise weit von sich gewiesen. Herr al Raisuni, Sie müssen sich die Frechheit dieser ausländischen Journalisten nur mal vorstellen. Glauben Sie, dass ein deutscher Journalist es wagen würde, in England den britischen Parlamentspräsidenten aufzufordern, eine Rede auf Deutsch zu halten? Das zeigt meiner Meinung nach nur, dass die internationale Gemeinschaft immer noch die deutsche Zurückhaltung, die auf den Zweiten Weltkrieg zurückzuführen ist, ausnutzt. Also, wenn wir uns auf die Suche nach Fehlern begeben würden, dann wären diese bei den Deutschen zu finden.«

Tajeddine hatte Rakims Einladung, ihn am nächsten Morgen zu einer von ihm betreuten türkischen Jugendgruppe zu begleiten, dankend angenommen.

»Diese Jugendgruppe trifft sich jeden Samstag. Wir diskutieren über alles, ob Sport, Politik oder Liebe. Auch über Zukunftsperspektiven wird geredet. Die Jugendlichen kommen überwiegend aus bildungsfernen Elternhäusern«, erläuterte Rakim.

Für Tajeddine waren die Gespräche mit Zina und Rakim eine Bestätigung seiner Annahmen. Die Aufgeschlossenheit und Aufrichtigkeit dieser jungen Leute, seine Fragen ohne Umschweife zu beantworten, überraschte ihn allerdings. Bedrückt war Tajeddine, als er hören musste, dass viele Eltern, obwohl sie schon lange in Deutschland lebten, nicht nur sich, sondern auch ihre Kinder von allem, was nicht türkisch und nicht islamisch ist, isolierten. In der Familie dürfe nur türkisch gesprochen werden, nur türkische Fernsehsender dürften eingeschaltet werden, und es dürfte absolutistisch nur die türkische Kultur gelebt werden. Wie sollten sich angesichts dieser Zustände denn junge Türken in der deutschen Schule und dann anschließend in der Berufsausbildung behaupten? Diese Frage konnte sich Tajeddine nicht beantworten. Betroffen machte ihn auch die Resignation, die er aus der Feststellung heraushörte, dass es der dritten Generation trotz immer wieder neuer Versuche regelrecht verwehrt werde, sich zu integrieren. Die erste und zweite Generation lasse das nicht zu. Die Konsequenz sei, dass die jungen Türken immer weniger von den deutschen Jugendlichen akzeptiert würden.

Nach dem Abendessen zogen sich Cem und Tajeddine in die Bibliothek zurück. Cem schloss die Schiebetüren hinter sich und alle anderen wussten, dass er nicht gestört werden wollte. Es war ein Gespräch voller Emotionen, das über vier Stunden dauerte. Kaum war Tajeddine in seinem

Zimmer, notierte er eine stichwortartige Zusammenfassung:

›Brücken‹ müssen gebaut werden. Dafür erforderlich ist zunächst, den unumstrittenen Nachholbedarf auf deutscher Seite zu realisieren. Bereits vorhandene Integrationsangebote müssen effektiver umgesetzt werden, damit auch vonseiten der Migranten – unter Beibehaltung der eigenen islamischen Werte, d.h. unter Beibehaltung kultureller Eigenständigkeit – die christlich-abendländischen Werte und die christliche Kirche verstanden, akzeptiert und mit dem Ziel respektiert werden, ein Miteinander und ein Nebeneinander zu ermöglichen, aber auch einen unverklärten Kulturwechsel zuzulassen (Vermeidung einer generellen muslimischen Radikalisierung einerseits und Hemmung der bereits anschwellenden Islam-Phobie andererseits):

- *Vorgabe für in Deutschland lebende Ausländer, die deutsche Sprache so weit zu erlernen, dass in den unterschiedlichen Lebensbereichen (Kindergarten, Schule, Berufsausbildung, Berufsausübung) mit Deutschen gleichwertige Ergebnisse und Erfolge erzielt werden können. Ziel dabei ist, einer fehlenden beruflichen Bildung zu begegnen, die das größte Risiko darstellt, überhaupt Arbeit zu finden oder arbeitslos zu werden bzw. zu bleiben*
- *Vorgabe für alle, insbesondere für jüngere Migranten, Kenntnisse über den demokratischen und sozialen Bundesstaat Deutschland zu erwerben*

(Verfassung der Bundesrepublik, insbesondere die Artikel 1 bis 19 des Grundgesetzes), jedoch keine Verpflichtung, wie in Frankreich angedacht, die Nationalhymne singen zu müssen

- *Einführung und Etablierung adäquater besonderer Schulungsmöglichkeit wie z.B. Crash- oder Aufholkurse (Beispiele in Frankreich)*
- *Integrationsgespräche mit Bürgern mit Migrationshintergrund insbesondere mit schwacher Bildung führen (keine Assimilation oder angepasste Integration, sondern Unterschiede ansprechen, anerkennen und zulassen, aber auf Gegenseitigkeit achten)*
- *Einflussnahme auf türkischstämmige Politiker, nicht die deutsche Bildungs- und Integrationspolitik als Ursache der Integrationsunwilligkeit zu propagieren; Gründe wahrheitsgemäß nennen (Absurdität, Deutschland die Verantwortung für die Integrationsunwilligkeit zu geben)*
- *Selbstkritik, Wiederbelebung des Selbstbewusstseins und Identitätswahrung: Deutschland und Europa müssen sich der Beibehaltung der eigenen Traditionen, Kultur und Religion bewusst werden. Eine schleichende Aufgabe dieser Werte wird zu einem verheerenden Konflikt der Kulturen und Religionen in Deutschland und Westeuropa führen (z. B.: Beschluss des Bundesverfassungsgerichts im Jahr 1995, nach dem die Anbringung eines Kreuzes oder Kruzifixes in den Unterrichtsräumen einer staatlichen Pflichtschule, die keine*

Bekenntnisschule ist, gegen die im Grundgesetz garantierte Religionsfreiheit verstößt. Oder das Urteil des Europäischen Gerichtshofes für Menschenrechte aus 2009, das sich gegen das obligatorische Anbringen von Kruzifixen als Symbol des christlichen Glaubens in Klassenzimmern staatlicher italienischer Schulen ausspricht). Ein bewusstes und friedliches Nebeneinander der Kulturen und Religionen bedeutet nicht, dass in Schulen christlich geprägter Staaten des Abendlandes keine Kreuze hängen dürfen! Besinnung (der Europäer) und Aufklärung (der Migranten) auf die christlichen Wurzeln Europas

- *Politische wie religiöse Einflussnahme auf Vertreter muslimischer Institutionen, den islamischen Glauben nicht als Hebel zur Isolierung zu missbrauchen. Christen dürfen nicht als Ungläubige bekämpft werden. Es muss verhindert werden, dass der weltweite islamistische Terrorismus weiter um sich greift und inzwischen junge Menschen aus westlichen Kulturen erfasst. Verquere Auffassungen über den Dschihad verführen und verblenden immer mehr junge Männer, sodass diese bereit und in der Lage sind, hasserfüllt Verbrechen gegen Christen zu begehen.*

Tajeddine legte seinen Kugelschreiber zur Seite und wurde nachdenklich. Er ließ alle Kernaussagen, die er in den letzten Tagen gehört hatte, Revue passieren. Er begann zu zweifeln. Waren nicht doch die unterschiedlichen Auslegungen der islamischen Religion der wesentliche Grund für die muslimische Parallelgesellschaft in Deutschland? Am nächsten Tag teilte er Cem seine Zweifel mit. Cem hörte aufmerksam zu.

»Tajeddine, ich werde den Imam bitten, Sie zu empfangen. Der ist bestimmt in dieser Frage die kompetenteste Person. Ich weiß, dass er sich für eine notwendige und von allen muslimischen Kräften respektierte Bekennung zu einem aufgeklärten Islam einsetzt. Er verfolgt das Ziel, dass sich Christen und Muslime in gegenseitigem Respekt begegnen und fördert hier vor Ort den interreligiösen Dialog«, sagte Cem voller Überzeugung.

Kapitel 10

Der Imam saß mittig im riesigen Gebetsraum, allein, als ein Diener Tajeddine hereinführte. Tajeddine durfte sich vor ihn setzen.

»Unser gemeinsamer Freund Cem Atalay hat mich gebeten, mit Ihnen dieses Gespräch zu führen«, sagte der Imam freundlich und respektvoll.

»Ich danke Ihnen sehr, mir diese Ehre zu erweisen und so kurzfristig Zeit für mich gefunden zu haben.«

»Bitte sagen Sie mir, was ich Ihnen konkret erklären soll. Cem hat mir bereits von Ihrem offiziellen Auftrag berichtet. Sie können sich also auf Ihr konkretes Anliegen beschränken.«

»Nun gut! Inwieweit kann der Koran oder besser gesagt der Islam den Integrationsprozess der Türken und Araber in Deutschland unterstützen?«

»Ich kann als Imam in dieser türkischen Moschee mit Ihnen nur über die Integration der hier betenden Türken sprechen. Aber was ich in dieser Hinsicht zu bemerken habe, dürfte mit marginalen Abweichungen repräsentativ sein«, betonte der Imam, bevor er konzentriert die Augen schloss und in einem langen Monolog die Problematik eingehend erläuterte.

Tajeddine war von diesem Mann, der in seinen Ausführungen keine unbequemen Gesichtspunkte mied, sehr angetan. Tajeddine hörte nichts, was er nicht schon wusste: Die Frage der Integration war bereits von etlichen staatlichen und religiösen Instanzen aufgeworfen, analysiert und kommentiert worden. Eine wertvolle Erkenntnis war jedoch die Bestätigung aus dem Munde dieses Mannes, dass die Probleme zum Teil von den türkischstämmigen Bürgern hausgemacht seien. Diese selbstkritische Erkenntnis hatte Tajeddine nicht erwartet. Um das Thema auf einen anderen Punkt zu lenken, fragte er, ob es auch schon in Deutschland *Mourchidas* gäbe. Der Imam riss bei dieser Frage seine Augen auf.

»Nein! Wir sind hier nicht Marokko, wo Frauen als religiöse Führerinnen in Moscheen vor Frauen predigen dürfen. Zugegeben, es gibt auch in anderen Ländern *Mourchidas*, aber noch nicht bei uns.«

»Noch nicht?«, fragte Tajeddine.

»Sie haben mir doch zugehört, oder? Phänomene wie die Unterdrückung und der Fundamentalismus gehören schon heute der Vergangenheit an. Sicher, es gibt noch da und dort Überbleibsel. Aber auch diese werden letztlich der Vergangenheit angehören. Selbst die Taliban in Afghanistan erkennen langsam, dass es nicht der Religion, sondern allein der Tradition zuzuschreiben ist, wenn jungen Mädchen die Ausbildung verwehrt wird. Der Koran ist da unmissverständlich. Der Prophet sagte, *das Streben nach Wissen ist Pflicht für jeden Muslim, Mann oder Frau.* Und ein Wort möchte ich Ihnen noch zu dem Thema Frauen und Ehrenmorde sagen. Diese Morde, es sind in Deutschland nicht wenige, ich glaube an die fünfzig in den letzten acht Jahren, fußen nicht auf unserer Religion, das möchte ich ausdrücklich betonen. Diese Morde erfolgen allein aus einem völlig antiquierten Verständnis der von Intoleranz geprägten patriarchalischen Rolle des Mannes in unserer Tradition. Hier haben wir Imame bei einigen noch sehr viel Aufklärungsarbeit zu leisten, insbesondere bei den Älteren. Denn diese sind es, die die Jüngeren zu diesen Taten nötigen. Aber Sie dürfen mir glauben: Die türkische Gemeinschaft in Deutschland verurteilt ebenso diese selbst ernannten Wächter der Sittlichkeit, die glauben, eine selbst definierte und festgestellte Schande durch Mord tilgen zu können!«

Tajeddine erkannte, dass das Ende des Gesprächs nahte, und fragte den Imam, ob er ihm noch einen Rat geben könnte. Der Imam nickte zustimmend.

»Die meisten Muslime betrachten die Christen als Ungläubige, weil die Christen nicht an Allah, den einzigen Gott glauben. Wie kann man nachhaltig diesen Muslimen mit überzeugenden Worten ihre irregeleitete Auffassung vor Augen führen?«

»Ganz einfach. Sie sollen im Koran die Sure 29 Vers 46 lesen. Dort steht es doch: *Wir glauben an das, was zu uns, und was zu euch herabgesandt worden ist. Unser und euer Gott ist Einer.«*

Als der Muezzin von der Höhe des Minaretts herab den Ruf zum Gebet erschallen ließ, erhob sich der Imam. Es war nun Zeit für Tajeddine zu gehen. Als sie sich die Hand gaben, hielt der Imam Tajeddines Hand fest und schaute ihm in die Augen.

»Sie hören den Ruf zum Gebet. Sie denken dabei sicherlich auch an das Thema Minarettverbot, nicht wahr?«

»Wenn Ihre Zeit es zuließe, dann würde ich Sie natürlich gerne nach Ihrer Meinung auch noch zu diesem Thema fragen«, erwiderte Tajeddine.

»Diese Zeit werde ich mir noch nehmen«, sagte der Imam. »Die überwiegende Meinung meiner Gemeinde hierzu ist, dass kein Muslim für sein Gebet ein Minarett und ebenso kein Christ für sein Gebet einen Kirchturm benötigt. Diese Meinung teile ich uneingeschränkt. Es gibt aber genug Widersacher auf allen Seiten, die alles unternehmen, um den Dialog der Religionen zu unterbinden oder zu stören. Diese Unbelehrbaren, unterstützt durch einen großen Teil der Medien, haben bewusst eine Hysterie hinsichtlich einer vermeintlichen Einschränkung der Religionsfreiheit und der Religionsausübung ausgelöst. Das irritiert mich und macht mich nervös, weil auch viele Deutsche das Thema unreflektiert und dümmlich nach wie vor behandeln. Weder in der Schweiz noch hier in

Deutschland bestehen Beschränkungen oder gar Verbote hinsichtlich des Baus von Moscheen. Sehen Sie sich doch unsere neuen Prachtbauten in Deutschland an! Wenn aber Moscheen mit derart imposanten und zum Teil überdimensionierten Minaretten gebaut werden, Minarette, die sich dem Gesamtbild der Umgebung nicht anpassen, dann muss doch jeder vernünftige Mensch, unabhängig von seinem Glauben, mit Reaktionen rechnen! Aber noch einmal: Weder die Religionsfreiheit noch die Religionsausübung der Muslime würde in irgendeiner Weise durch ein angepasstes, unauffälliges Minarett eingeschränkt, solange die Muslime die Möglichkeit haben, ihre Religion frei in einer Moschee auszuüben. Und das gilt im Extremfall auch dann, wenn kein Minarett die Moschee schmückt. Ein Minarett ist nichts Weiteres als ein Bestandteil einer Moschee. Dieser Bestandteil hat doch gar nichts mit der Religionsfreiheit oder der Religionsausübung zu tun! Denken Sie doch nur an die zahlreichen sogenannten Gebetshäuser der Muslime in den Hinterhöfen. Jahrelang wurde und wird auch heute noch dort gebetet, und nie ist auch nur ansatzweise von einer mangelnden Religionsfreiheit oder einem Verbot der Religionsausübung gesprochen worden. Und damit ist auch das Argument, ein Minarett sei erforderlich, um ein Gebäude als Moschee kenntlich zu machen, ad absurdum geführt. Wenn die Europäer aufgrund der gegebenen Bauvorschriften lediglich kleinere oder kürzere Minarette haben wollen, die sich in das Umfeld einpassen, dann ist das eben so. Es gibt doch auch in Deutschland Kirchen ohne hohe Kirchtürme. Ich glaube, sogar Kirchen ohne Kirchturm und Kirchen nur mit angedeutetem Turm gesehen zu haben. Also warum auch nicht in dicht besiedelten Wohnbereichen Moscheen ohne oder nur mit angedeuteten Minaretten? Wir Muslime wollen doch mit unseren Moscheen nicht provozieren! Unschwer ist insgesamt zu erkennen, dass noch viel Aufklärungsarbeit zu leisten ist. Ich fürchte, dass wir schwere Zeiten des Verstehens und des Tolerierens vor uns haben.«

Tajeddine nutzte eine Atempause des Imams, um noch eine - die letzte Frage - zu stellen.

»Können Sie sich erklären, wieso dieses Minarett-Thema eine derart hohe Signifikanz erhalten hat?«

»Die Antwort auf diese Frage ist sehr komplex. Ich will versuchen, in der mir noch zur Verfügung stehenden Zeit Ihnen ein paar Anhaltspunkte zu geben. Zum einen ist es der muslimischen Seite nicht zu verdenken, dass sie überall dort wo möglich neue Pflöcke einschlagen und vorhandene Pflöcke noch tiefer verankern will. Zum anderen leiden die europäischen Staaten unter einem mangelnden Selbstbewusstsein. Und das erkennen die subtileren Muslime sofort und nutzen dieses Manko aus, um die muslimischen Positionen zu stärken. Natürlich wissen die Muslime, dass das in der

Schweizer Volksabstimmung zum Ausdruck gekommene Verbot mit Religionsfreiheit oder sogar Religionsausübung nicht in Korrelation zu bringen ist. Aber sie behaupten es einfach. Und wie würden sich die Deutschen in einem solchen Fall verhalten? Viele Beispiele erlauben die Annahme, dass genug Intellektuelle, um im Fokus der Öffentlichkeit zu stehen, sich hierzu entgegen ihrer eigenen Überzeugung äußern würden. Das besagte Verbot, sollte ein solches in Deutschland ausgesprochen werden, würden sie als eine allein die Muslime tangierende Verletzung der im Grundgesetz verankerten Rechte darstellen. Und skandalös wäre dabei, dass – wie oft - diese Leute sich nur ansatzweise und sehr oberflächlich mit dem Thema vorab auseinandergesetzt haben. Und von den zahlreichen Trittbrettfahrern möchte ich erst gar nicht sprechen. Denken Sie doch auch an das Entfernen von Kruzifixen in den deutschen Gerichtssälen. Keine muslimische Gruppierung hat jemals hierum gebeten. Warum machen die Deutschen denn das? Soll das eine Anbiederung sein? Wissen Sie, wir Muslime in Deutschland sind nicht nur dem Grundgesetz für die Bundesrepublik Deutschland gegenüber uneingeschränkt verpflichtet, sondern allen Gesetzen. Und im Grundgesetz steht in der Präambel, dass sich das Deutsche Volk im Bewusstsein seiner Verantwortung vor Gott und den Menschen dieses Grundgesetz gegeben hat. Also müsste doch in der Konsequenz dieser Gottesbezug im

Grundgesetz auch entfernt werden, oder? Der Dialog der Religionen wird durch diese Entwicklungen nicht gefördert. Im Gegenteil! Der Dialog wird dadurch erheblich gestört!«, sagte der Imam sichtlich verärgert und erhob sich. »Jetzt muss ich aber wirklich gehen, denn ich habe das Gebet zu leiten. Möge Allah Sie beschützen.«

Der Imam bekam nicht mit, dass Tajeddine den Gebetsraum wieder durch das große Eingangsportal betreten und sich am Ende der letzten Reihe von Betenden diskret niedergekniet hatte. Tajeddine hatte sich zu diesem Gebet durch die rituelle Waschung vorbereitet. Trotz der mit der Waschung einhergehenden Erfrischung hatte er alle Mühe, sich auf das Gebet zu konzentrieren. Er war nachhaltig zutiefst beeindruckt von diesem Imam, der ihm auf alle Fragen mit wenigen Worten überzeugend und schonungslos geantwortet hatte.
Nach dem Abendessen zogen sich Cem und Tajeddine wie gewohnt in die Bibliothek zurück. Sie sprachen erneut über Religion, Tradition, Fanatismus, Politik und Gier, auch über die Gier nach gesellschaftlichem Ansehen. Sie sprachen über das unübersehbare Bestreben insbesondere derjenigen, die in Deutschland in Politik und Verbänden hauptsächlich bemüht sind, ihre eigene Daseinsberechtigung festzuschreiben. Und das oft durch Propagierung falscher Tatsachen und Behauptungen, wie zum Beispiel das quasi souveräne Eigen-

leben und die völlige Autarkie der türkischen Parallelgesellschaft in Deutschland. Cem und Tajeddine waren sich einig. Es sind auch diese Politiker und Verbandsleute, denen die Verantwortung für die Verklärtheit und Isolation vieler ihrer eigenen Landsleute zuzuschreiben ist. Tajeddine ließ durchblicken, dass er zu diesem Thema noch in Berlin mit Botschaftsangehörigen und kompetenten Vertretern verschiedener Landesinnenministerien sprechen müsse. Mit dem Berliner Senat und mit türkischen Verbandsmitgliedern hätte er bereits Termine vereinbaren können. Er wollte schon am nächsten Tag abreisen. Cem bedauerte diese Entscheidung, kündigte aber an, sich um ein Flugticket und um eine Unterkunft in Berlin zu kümmern. Tajeddine wollte vermeiden, dass Cem einen Freund in Berlin bemüht, und bestand auf das ihm bekannte Crowne Plaza Berlin City wegen der perfekten Dienstleistungen und der zentralen Lage. Cem reservierte von der Bibliothek aus telefonisch einen Flug für den nächsten Nachmittag und ein Nichtraucher-Zimmer im Hotel. Dann öffnete er die Schiebetüren und bat Ayse und seine Kinder, sich zu ihnen zu gesellen.

Kapitel 11

Das Taxi hielt vor dem Crowne Plaza, der Portier öffnete die hintere Wagentür und hieß Tajeddine willkommen. An der Rezeption wurde er freundlichst empfangen. Kaum hatte er seinen Namen genannt, wandte sich der Rezeptionsleiter persönlich an ihn und händigte ihm eine Mitteilung aus. Tajeddine nahm seine Lesebrille aus dem Etui und las: ›Bitte Herrn Robert Reuter sofort anrufen. Es eilt sehr.‹ Tajeddine nahm sein Notizbuch und gab dem Rezeptionsleiter Roberts Telefonnummer mit der Bitte, ihn direkt mit dieser Nummer zu verbinden. Robert konnte Tajeddine nur so viel sagen, dass Dr. Senhadji angerufen und ihn gebeten habe, Tajeddine so schnell wie möglich zu erreichen und ihn zu veranlassen, eiligst nach Casablanca zurückzufliegen. Tajeddine solle bis dahin weder telefonisch noch sonst wie Kontakt mit Dr. Senhadji aufnehmen. Er solle nur über Robert mitteilen lassen, wann und um welche Uhrzeit er in Casablanca landen würde. Äußerste Diskretion sei hier mehr als geboten. Dr. Senhadji sei sehr aufgeregt gewesen, bemerkte Robert zum Abschluss des Gesprächs. Tajeddine legte auf und nahm den Rezeptionsleiter beiseite.

»Hören Sie zu! Ich muss so schnell wie möglich nach Casablanca. Besorgen Sie mir bitte einen Flug. Ich appelliere an Ihre Kompetenz und bitte Sie, alle Register zu ziehen, damit es kurzfristig klappt, wenn möglich heute!«, sagte Tajeddine und drückte seinem Gesprächspartner hundert Euro in die Hand. »Keine Bescheidenheit, bitte. Hier haben Sie meine Kreditkarte. Bitte, so schnell wie möglich«, sagte Tajeddine sichtlich gehetzt.

Der Rezeptionsleiter setzte sich an seinen Bildschirm und tippte mit einer unglaublichen Geschwindigkeit auf die Tastatur.

»Ich könnte Sie mit unserem Hotelminibus sofort zum Flughafen bringen lassen. Dann haben Sie noch zwei Stunden Zeit bis zum Abflug. Ich habe einen günstigen Flug mit der Air France, zunächst nach Paris und von dort nach kurzem Aufenthalt nach Casablanca. Sie wären von jetzt an gerechnet in zirka sieben Stunden in Casablanca.«

»Buchen Sie den Flug, verbindlich. Können Sie mir das Ticket ausdrucken lassen?«

»Selbstverständlich, Herr al Raisuni.«

»Was schulde ich Ihnen für die Hotelbuchung?«

»Nur das Versprechen, uns bei Ihrem nächsten Besuch in Berlin wieder zu beehren. Wir würden uns sehr freuen.«

Tajeddine rief Robert an und teilte seine Flugdaten mit. Seine wiederholte Frage, ob Dr. Senhadji nicht doch etwas gesagt habe, konnte Robert nur mit Bedauern verneinen. Er sagte Tajeddine seine volle Unterstützung zu, sollte er diese brauchen.

»Ich komme sofort. Ich kann auch meine Tochter mitbringen. Wenn es um juristische Zusammenhänge geht, dann sollten Sie sie mal kennenlernen. Ihre Begabung, komplizierte Sachverhalte schnell zu erfassen, zu analysieren und ergebnisorientiert Vorschläge zu unterbreiten, ist bewundernswert. Also, wenn wir kommen sollen, sagen Sie es uns. Guten Flug, Tajeddine.«

Am späten Nachmittag landete die Maschine in Casablanca. Der Flugkapitän hatte kurz vor der Landung über Lautsprecher angewiesen, dass der Fluggast al Raisuni zuerst aussteigen möge, wegen eines Notfalles. Das mobile Gangwayfahrzeug war noch nicht richtig angedockt, als eine große schwarze Limousine mit hoher Geschwindigkeit an das Flugzeug heranfuhr und mit kreischenden Bremsen hielt. Der Fahrer sprang aus dem Fahrzeug und lief die Gangwaytreppe hoch. Als die Kabinentür geöffnet wurde, stand er Tajeddine gegenüber.

»Dr. Senhadji erwartet Sie, Herr al Raisuni. Um Ihr Gepäck kümmert sich ein anderer Mitarbeiter. Bitte geben Sie mir Ihr Flugticket, auf dem der Kontrollabschnitt angeheftet ist.«

Tajeddine bestieg erfreut das Fahrzeug und begrüßte Dr. Senhadji. Der gab ihm die Hand und legte seinen Zeigefinger auf die Lippen. Kurz vor

Verlassen des Sicherheitsbereiches übergab der Fahrer das Flugticket an einen Mann, der neben einem schwarzen Geländewagen mit getönten Scheiben stand. Dr. Senhadji legte erneut seinen Zeigefinger auf die Lippen und nickte Tajeddine zu. Es sollte im Wagen nicht gesprochen werden.

Eine halbe Stunde später hielt der Wagen vor der Residenz von Dr. Senhadji. Kaum hatten sie sein feudal eingerichtetes Büro betreten, schaltete er ein elektronisches Störgerät und das Radio ein.

»Tajeddine, was ich Ihnen jetzt erzähle, ist streng geheim. Wenn ein Wort nach draußen dringt, sind wir beide und noch andere des Todes. Haben Sie mich verstanden?«

»Natürlich! Nun sagen Sie mir endlich, was los ist, Dr. Senhadji.«

»Sagen Sie Mokhtar zu mir, ich werde Sie dann mit Tajeddine ansprechen, das vereinfacht sicherlich die Sache. Sie haben doch nichts dagegen, oder?«, fragte Dr. Senhadji. Ohne eine Antwort abzuwarten, fuhr er fort.

»Sie wissen, dass es auch in Marokko radikale islamistische Gruppierungen gibt. Einige unter ihnen haben sich zu Terroristen hochgeschaukelt und schrecken vor nichts zurück. Ihr größtes Problem ist ihre Verfolgung durch die Sicherheitskräfte. Das ist auch gut so, doch diese Extremisten suchen natürlich auch nach Möglichkeiten, dem zu entgehen. Sie sind auf Unterstützung angewiesen und halten gezielt Ausschau, ob sich eine Gelegenheit ergibt. Offenbar hat das Team um Herrn Reuter herum, als es in Laâyoune und Umgebung ihren Auftrag erfüllte, die Aufmerksamkeit dieser Leute auf sich gezogen. Heute früh, gegen sechs Uhr, hat mich ein sehr kleiner, dicker Mann mit Glatze besucht. Sagt Ihnen die Beschreibung etwas. Kennen Sie diesen Mann?«

»Nein!«

»Dieser Mann hatte es geschafft, unbemerkt in mein Haus einzudringen, als ich schlief. Er hat mich dann über sein Mobiltelefon – man muss sich das mal vorstellen – von meinem Wohnzimmer aus angerufen und aufgefordert, ruhig zu bleiben und zu ihm runter zu kommen. Es würde mir nichts passieren, im Gegenteil, sagte er.«

Tajeddine wurde ungeduldig. Alles, was er bislang gehört hatte, klang zwar sehr mysteriös, aber was die Geschichte mit ihm zu tun hatte und warum er seinen Deutschlandbesuch sofort abbrechen sollte, blieb ihm noch verborgen. Er sagte kein Wort, fixierte aber Mokhtars Augen.

»Ich versuchte das Licht einzuschalten, aber es blieb alles dunkel. Der Mann rief mir aus dem Wohnzimmer zu, er habe die Hauptsicherung herausgedreht. Unten angekommen sah ich im Wohnzimmer zwei Kerzen leuchten. Der Mann saß hier in diesem Fauteuil und gab mir zu verstehen, ihm gegenüber Platz zu nehmen. Er sah mich an, sein

Blick war penetrant. Dann sagte er mir endlich, was er von mir wollte.«

»Gut! Und was wollte er?«, fragte Tajeddine, zittrig vor Ungeduld.

»Er erzählte mir von der islamistischen Bewegung in und außerhalb Marokkos. Er erklärte, warum diese Bewegung wichtig sei und warum er sich persönlich für diese Bewegung engagiere. Als ich ihn fragte, was ich denn damit zu tun habe, sagte er mir ganz lapidar, dass ich bald etwas damit zu tun bekommen würde. Verstehen Sie, Tajeddine, ich hatte bislang keinerlei Beziehungen, Kontakte oder sonstige Berührungspunkte weder mit den gemäßigten Islamisten noch mit den Extremfundamentalisten. Und dann endlich ließ er die Katze aus dem Sack.«

»Ja! Was sagte er denn?«

»Er wisse, dass Sie, Tajeddine, und ich freundschaftlich liiert sind. Er wisse auch, dass wir sehr weitreichende Beziehungen zur marokkanischen Regierung, aber auch ins Könighaus hätten. Er sagte mir, völlig emotionslos, dass Sie und ich uns daher in einer konzertierten Aktion für die unverzügliche Freilassung des vor wenigen Wochen festgenommenen und inhaftierten Anführers der radikal-islamistischen Zelle, der auch er angehöre, einsetzen sollten.«

»Und warum sollten wir das tun?«, unterbrach Tajeddine, leicht amüsiert.

»Weil wir sonst mit unserem Leben und vielleicht auch mit dem Leben anderer bezahlen müssten«, sagte Dr. Senhadji, ohne die Angst in seiner Stimme verbergen zu können.

»Und dann? Was sagte er dann? Was sollen wir konkret tun?«

»Er würde mit uns beiden schon Kontakt aufnehmen und uns weitere Anweisungen geben. Meine Aufgabe sei es, Sie in den nächsten Stunden hier ins Haus zu holen. Er sagte noch zum Schluss, dass wir keine Chance mehr hätten, wenn irgendetwas an die Öffentlichkeit dringe.«

Tajeddine und Dr. Senhadji debattierten noch lange über die Situation. Schnell waren sie sich am Ende einig, dass die geschickte Vorgehensweise dieses Mannes, insbesondere das unentdeckte Eindringen in das Haus und die Morddrohungen Beweise für seine feste Entschlossenheit waren. Sie wussten, dass sie diese Sache sehr ernst nehmen mussten, denn bei den Aktionen dieser Widerstandsbewegung galt ein Menschenleben nichts. Also hatten sie einen Weg zu finden, wie sie dem Begehren dieses Mannes entsprechen konnten, ohne selbst Schaden zu nehmen, denn nach einer illegalen Freilassung bestand die Gefahr, dass offizielle Stellen oder sogar die Justiz Wind von der Angelegenheit bekommen und Maßnahmen gegen sie beide einleiten könnten. Somit musste die Freilassung geheim bleiben und ohne Aufsehen erfolgen. Es dürften nur äußerst wenige von dieser geheimen Aktion erfahren, je weniger umso besser. Demzufolge mussten sie eine sehr hochrangige Person kontaktieren und darauf hinwirken, dass allein diese Person die Freilassung initiiert.

Kurz vor Mitternacht wollte Tajeddine nach Hause aufbrechen, als es klingelte. Dr. Senhadji öffnete die Tür, aber niemand stand draußen. Er sah sich noch um, dann schloss er die Tür wieder. Zurück im Wohnzimmer, sah er den Mann mitten im Raum stehen. Erst später sollte er erfahren, dass dieser Mann nach seinem ersten Eindringen das Schloss einer Nebentür manipuliert hatte und somit jederzeit Zutritt zum Haus hatte. Tajeddine bemerkte sofort die Pistole in der Hand des Mannes, die dieser aber mit dem Lauf nach unten hielt. Er musterte den Eindringling. Tajeddine verfügte über eine große Menschenkenntnis, die er in den vielen Jahren seiner Professur und durch die Verhandlungen und Besprechungen bei den Vereinten Nationen hatte verfeinern können. Er kam zu dem Schluss, dass es besser wäre, die Entschlossenheit des Mannes nicht auf die Probe zu stellen.

»Sie, Herr al Raisuni, sind sicherlich von Herrn Dr. Senhadji zu den Hintergründen meines Besuches informiert worden. Sonst wären Sie nicht hier. Ich freue mich, dass Sie beide die Ernsthaftigkeit unserer Aktion richtig eingeschätzt haben. Also, machen wir es kurz. Sie haben genau vier

Tage Zeit, um unseren Führer aus den Händen seiner Häscher zu holen. Ihm ist nach seiner Entlassung freies Geleit zu gewähren. Sollte er verfolgt werden, sehe ich die Aktion als gescheitert an. Und was das bedeutet, wissen Sie ja. Haben Sie noch irgendwelche Fragen?«

»Aber sicher habe ich die!«, sagte Tajeddine erregt. »Was ist, wenn wir Sie bitten, das Haus zu verlassen, oder wir die Polizei rufen? Ja, was ist, wenn wir die Polizei rufen?«

»Versuchen Sie es!«, zischte der Unbekannte. »Sie, Herr al Raisuni, haben doch einen netten und erfolgreichen Sohn. Wie heißt er noch? Ach ja! Khalid. Und Sie, Herr Dr. Senhadji, Sie haben doch eine schöne und ebenso erfolgreiche Tochter. Sie heißt Raschida, nicht wahr? Also, in fünf Tagen sind beide tot, wenn Sie ohne Erfolg bleiben«, sagte der Unbekannte, drehte sich um und verließ das Haus, ohne ein weiteres Wort seiner Gesprächspartner zuzulassen.

Der Schock saß tief. Minutiös rekapitulierten sie, was sie eben erlebt hatten, und versuchten sich einzuprägen, was ihrer Meinung nach wichtig war. Dass der Unbekannte im Glauben war, Khalid und Raschida würden noch leben, änderte an der Situation nichts. Ihnen war klar, dass die Väter an der Reihe sein würden, wenn es die Kinder nicht mehr gab. Das Klingeln des Telefons ließ beide zusammenzucken. Dr. Senhadji nahm den Hörer ab.

Sichtlich wich seine Anspannung, als er Roberts Stimme vernahm.

»Dr. Senhadji, ich hoffe, ich störe nicht. Wir kommen im Moment mit der Arbeit nicht weiter, weil uns Erhebungen fehlen. Ich kann die fehlenden Daten nur vor Ort zusammentragen und werde daher morgen mit meiner Tochter für ein paar Tage nach Casablanca kommen. Meine Tochter habe ich inzwischen beauftragt, die bereits abgeschlossenen Verträge zwischen Marokko und den Öl-Großkonzernen juristisch zu untersuchen. In diesem Zusammenhang stellt sich auch die Frage, ob, und wenn ja inwieweit, die Öl-Bohrlöcher und Rohrleitungen im Meer einer Installation von Offshore-Windparks entgegenstehen könnten.«

»Kommen Sie, Robert, und bringen Sie Ihre nette Tochter nur mit. Wir, Herr al Raisuni und ich, haben hier ein ganz anderes Problem, ein dickes Problem. Es geht um Leben oder Tod.«

»Entschuldigen Sie, bitte! Wieso haben Sie und Herr al Raisuni ein gemeinsames Problem? Das verstehe ich nicht!«

»Kommen Sie. Vielleicht können Sie uns ja beraten. Die Zeit drängt, daher begrüße ich Ihr Kommen schon morgen sehr. Kommen Sie zuerst zu mir nach Hause, bitte.«

Das kleine Taxi hielt am späten Nachmittag vor Dr. Senhadjis Residenz. Robert bezahlte den Fahrer, während Natalie die Koffer aus dem Laderaum holte. Beim Herausheben des letzten Koffers verlor sie das Gleichgewicht und verstauchte sich das linke Fußgelenk. Sie setzte sich auf den Bordstein und massierte ihren Fuß. Robert kniete neben ihr und tröstete sie. Als das Taxi wegfuhr, gab es den Blick auf die gegenüberliegende Straßeneinmündung frei. Dort parkte ein hellblauer VW-Käfer. Die knallige Farbe erregte Natalies Aufmerksamkeit und bei näherem Hinsehen erkannte sie hinter dem Steuer den glatzköpfigen Mann wieder, den sie und Raschida in Laâyoune immer wieder bemerkt hatten. Ihre innere Stimme sagte ihr, dass das kein Zufall sein konnte.

»Pa, sei bitte jetzt sehr diskret. Hier stimmt was nicht. Ich hatte dir doch beiläufig erzählt, dass Raschida und ich in Laâyoune den Eindruck hatten, wir würden von einem kleinen glatzköpfigen Mann begleitet, vielleicht sogar verfolgt. Dieser Mann sitzt da vorne in dem blauen Käfer. Nicht hingucken, Pa! Sei mir beim Aufstehen behilflich. Dann kannst du einen kurzen Blick rüberwerfen. Aber ganz unauffällig, hörst du!«

Robert beschloss, nicht direkt auf den Wagen zu sehen. Er half Natalie, die sich bewusst langsam und umständlich aufrichtete, und ließ dabei seinen Blick erst nach rechts, dann nach links schweifen. Als er den Mann in dem blauen Wagen erkannte, zuckte er zusammen.

Zwischenzeitlich war Dr. Senhadji sehr eiligen Schrittes auf sie zugekommen und umarmte sie kurz. Im Wohnzimmer wartete Tajeddine. Robert raunte Natalie zu, noch nichts zu verraten. Er wollte erst hören, was denn das so lebensbedrohliche Problem der beiden Marokkaner war. Sehr detailreich erzählte Dr. Senhadji, was vorgefallen war, und registrierte beruhigt das sporadische zustimmende Nicken von Tajeddine. Er war beruhigt, nicht überemotional zu erzählen, beruhigt, nicht überzureagieren.

Robert erhob sich und ging langsam ein paar Mal auf und ab.

»Wäre denn überhaupt eine, ich sage mal politische Freilassung möglich, die nicht kurz darauf von den Medien als Erfolg der terroristischen Bewegung verkauft würde? Und wäre die Gefahr nicht zu groß für die Hintermänner, die die Freilassung überhaupt ermöglicht haben? Wenn die staatlichen Repressalien extrem stark sind, dann wären Sie, Herr Dr. Senhadji und Sie, Tajeddine, so oder so dran. Würde aber die Freilassung von einer der höchsten Autoritäten des Landes genehmigt und vorab bekannt gegeben, dann wäre die Gefahr gebannt«, sagte Robert, zufrieden mit seiner bisherigen Analyse. »Ein wichtiger Punkt ist aber noch folgender: Wer steckt tatsächlich hinter dieser ganzen Aktion?«, fragte Robert, und dachte fortwährend an den Glatzköpfigen.

»Es gibt gegenwärtig zu viele, auch religiöse Strömungen in diesem Land, die politisch und gesellschaftlich mitmischen wollen. Das mag eine Folge des langsam fortschreitenden Demokratisie-

rungsprozesses sein, hat aber zu einer Unüber-
sichtlichkeit der agierenden Kräfte geführt«, sagte
Tajeddine.

»Inwieweit ist eine Beteiligung des Geheimdiens-
tes oder des Militärischen Abschirmdienstes möglich?«, fragte Robert.

»Meines Erachtens recht unwahrscheinlich, aber
nicht ausgeschlossen!«, erwiderte Tajeddine.

»Dr. Senhadji, würden Sie uns bitte nochmals
diesen Unbekannten so detailgenau und facetten-
reich wie möglich beschreiben.«, flüsterte Robert.

Nachdem Dr. Senhadji seine Beschreibung beendet hatte, war sich Natalie sicher, dass es sich tatsächlich um den Unbekannten handelte, der sie
und Raschida verfolgt hatte. Das teilte sie den anderen mit. Nun war die Zeit für Robert gekommen, sein Wissen preiszugeben.

»Ich habe die Frage nach der Zugehörigkeit zu
irgendwelchen geheimen Diensten bewusst gestellt. Der Unbekannte, der Sie hier besucht hat,
hat auch meine Tochter unerlässlich auf Schritt
und Tritt in Laâyoune verfolgt.« Robert hütete
sich, den Namen Raschida zu erwähnen. Er wusste, dass Dr. Senhadji immer noch trauerte. »Aber
noch viel bedeutender ist, dass dieser Mann ein
Major des Militärischen Abschirmdienstes ist. Ich
habe ihn im Büro von Oberstleutnant Ibrahim
Idrissi auf der Basis in Laâyoune kennengelernt. Er
heißt Samir und sitzt momentan in einer blauen

Limousine an der Straßeneinmündung gegenüber. Offensichtlich beobachtet er das Haus.«

Roberts Eröffnung stieß in der kleinen Runde eine heftige Diskussion über alle Fallkonstellationen an, die denkbar waren. Eine falsche Entscheidung würde fatale Folgen haben, darüber waren sich alle im Klaren. Dennoch mussten sie unbedingt noch einmal mit diesem Samir sprechen, um mehr Informationen zu bekommen.

Dr. Senhadjis Plan war einfach. Er wollte sich dem Wagen von hinten nähern. Er verließ das Haus durch die seitliche Gartenpforte, und nachdem er sich auf Umwegen dem blauen Wagen genähert hatte, ging er schnurstracks darauf zu und öffnete die Fahrertür. Der Unbekannte hatte das Unterfangen nicht bemerkt und erschrak heftig.

»Wir müssen miteinander reden. Hier im Wagen oder bei mir im Haus. Wo wollen Sie, Major Samir?«

»Wieso nennen Sie mich Major Samir. Woher glauben Sie zu wissen, wer ich bin. Ich bin es, der sagt, wann es Zeit ist, miteinander zu reden. Nicht Sie!«

»Seien Sie kein Narr! Steigen Sie aus und lassen Sie uns ins Haus gehen, diesmal auch Sie durch die Eingangstür. Sonst kommen wir in der Sache nicht weiter«, fauchte Dr. Senhadji, nicht ohne Wirkung. Als die beiden Männer das Wohnzimmer betraten, saßen Tajeddine, Robert und Natalie in einer Reihe auf dem Sofa. Tajeddine hatte die Idee zu dieser Sitzordnung gehabt. Er wollte, dass sich der nunmehr enttarnte Unbekannte mit einer geballten Front der Leute, die ihn wiedererkannt hatten, konfrontiert sah. Vielleicht würde er dann ihn das resignieren und ihn seine wahren Absichten preisgeben lassen.

Es war ein kurzes Gespräch. Was seine Zugehörigkeit zum Abschirmdienst betraf, schwieg sich Major Samir aus. Es gehe nur um die Freilassung der Gefangenen, betonte er, der Rest tue nichts zur Sache. Er bestätigte, dass die hinter der Aktion stehenden Verantwortlichen die Freilassung mit aller Entschiedenheit betreiben würden, und ließ keine Zweifel daran, dass die angedrohten Sanktionen für den Fall mangelnder Zusammenarbeit auch angewendet würden.

Dr. Senhadji reagierte sofort und wollte prüfen, ob er den Major irritieren konnte.

»Sie sagten, unsere Kinder würden Schaden nehmen. Was aber, wenn Sie oder Ihre Hintermänner an die Kinder gar nicht herankämen, weil diese zum Beispiel nicht mehr im Lande sind?«

»Halten Sie uns für dumm? Das, meine Herren, wäre ein fataler Fehler!«

»Ja, wir halten Sie und Ihre Hintermänner nicht nur für dumm, sondern auch für Stümper. Uns mit dem Tod unserer Kinder zu drohen! Die sind längst tot, Major Samir, unsere Kinder sind tot, tot, tot!«, schrie jetzt Dr. Senhadji.

»Ihre Kinder sind nicht tot«, sagte Major Samir mit ruhiger Stimme und ließ seinen stechenden Blick zwischen Dr. Senhadji und Tajeddine hin und her schweifen.

Kapitel 12

Zehn Jahre später …

Robert lag auf der Sonnenliege und sinnierte. Das Rauschen der Palmenblätter und der Duft der edlen Rosen ließen ihn die Hektik der Millionen-Metropole Casablanca vergessen. Nur der leichte Geruch von Chlor, der vom Swimmingpool herüberwehte, trübte ein wenig sein Wohlbefinden. Robert war glücklich, mit seiner Familie in dieser großen Villa zu leben und seinen letzten, wenn auch nur noch kurzen Lebensabschnitt dort verbringen zu können. Immer wieder verdrängte er die böse Nachricht seines Internisten. Er hatte den kleinen Seitentrakt des Hauses mit eigenem Eingang für sich beansprucht, sein Refugium, wie er es nannte. Natalie, Sascha und die Kinder hatten den größeren Teil bezogen. Er genoss es, noch gebraucht zu werden, als Vater, Schwiegervater, Opa und Berater. Sascha fragte ihn immer nach seiner Sicht der Dinge, wenn es darum ging, als sein Nachfolger in der Geschäftsführung des noch jungen Unternehmens wichtige Entscheidungen zu treffen. Er hatte Sascha als ehrgeizigen Betriebswirt eingestellt. Den Auftrag, Roberts Unternehmen in Frankfurt mit Gewinn zu verkaufen und ihn bei der Realisation seiner Vorhaben und Visionen, insbesondere bei der für Ausländer schwierigen Gründung einer neuen Firma in Casablanca zu unterstützen, hatte Sascha optimal erfüllt und so das Vertrauen seines Schwiegervaters gewonnen. Sascha hatte sich seit Anbeginn seiner Anstellung mit den Inhalten der Initiative *Strom aus der Sahara* auseinandergesetzt und dank seiner sehr hohen Fachkompetenz schnell umsetzbare Gesamtplanungen für erste Solarthermie-Anlagen in der marokkanischen Sahara realisiert. Damit hatte er die Rahmenbedingungen für das frühe Einfahren bemerkenswerter Gewinne geschaffen.

Robert war sehr stolz auf seine Tochter, die die juristische Abteilung seines Unternehmens leitete, und, wie ihm immer wieder bestätigt wurde, eine der ›härtesten Nüsse‹ bei den Verhandlungen der komplizierten Verträge sei.

Die erste große Aufgabe für Roberts neues Unternehmen war gewesen, sicherzustellen, dass die solarthermischen Kraftwerke, die in der marokkanischen Wüste parallel zur atlantischen Küste geplant waren, auch als erste gebaut werden könnten. Andere Planungsfirmen und nordafrikanische Staaten und der Nahe Osten hatten sich vehement dafür eingesetzt, zunächst in ihren Ländern die Kraftwerke aufzubauen. Doch sie konnten dem Argument der kurzen Entfernung zwischen der marokkanischen Sahara und Europa und somit des geringsten Übertragungsverlusts nichts entgegensetzen. Robert und Sascha hatten damals mit dem Argument überzeugt, dass der Verlust durch die Hochspannungsübertragung von maximal 3 % je 1000 km, der von unabhängigen Experten errechnet worden war, ganz Spanien so gut wie verlustfrei versorgt werden könnte.

Robert war so sehr in seinen Gedanken versunken, dass er erst spät das Klingeln des Telefons vernahm. Es war Tajeddine. »Wir sind in einer halben Stunde bei dir. Bis gleich« waren die Worte, die Tajeddine seit drei Jahren, jeden Donnerstag um Punkt fünfzehn Uhr durch den Hörer murmelte.
Ein kurzes Hupen signalisierte Robert, dass sie da waren. Er stieg in den Wagen und begrüßte Tajeddine und Dr. Senhadji. Den Donnerstagnachmittag einer jeden Woche widmeten sie ausschließlich dem ehemaligen Major Samir. Vor drei Jahren war dieser in einer für die Öffentlichkeit nicht zugelassenen Gerichtsverhandlung zu fünf Jahren Haft wegen Mitgliedschaft in einer verbotenen politischen Gruppierung unter Aberkennung seines militärischen Dienstgrades und aller weiterer Privilegien verurteilt worden. Damals hatten Dr. Senhadji und Tajeddine ihren ganzen gesellschaftlichen und politischen Einfluss geltend gemacht, um das Urteil auf das gesetzliche Mindeststrafmaß lauten zu lassen. Dr. Senhadji hatte unmittelbar nach Major

Samirs Haftantritt Vorkehrungen getroffen, damit Major Samir – sie sprachen ihn weiterhin mit seinem ehemaligen Dienstgrad an – alle nur denkbaren Privilegien erhielt. So hatte er einigen Familienangehörigen von Gefängniswärtern Arbeit verschafft und den Gefängnisdirektor mit hohem Nachdruck gebeten, das Wohlbefinden von Samir stets im Auge zu behalten. Der gewiefte Gefängnisdirektor wusste von Dr. Senhadjis Einfluss und tat, was dieser von ihm verlangte, allein schon seiner Karriere wegen. Robert hatte dem Sohn des Gefängnisarztes ermöglicht, in seinem Unternehmen eine leitende Funktion zu übernehmen und somit die Möglichkeit geschaffen, Samir die bestmögliche medizinische Versorgung zukommen zu lassen. Spezielle Medikamente für Samir ließ sich Robert aus Deutschland schicken.

»Major Samir, wie geht es Ihnen heute?«, fragte Dr. Senhadji. Es war stets die erste Frage, die in dem kahlen und dunklen Besucherraum gestellt wurde. »Sind Sie mit Ihren Aufzeichnungen weitergekommen?«

»Danke, mir geht es ganz gut. Die letzten zwei Jahre überstehe ich sicherlich auch noch. Der Direktor hat mir signalisiert, dass ich die Aussicht habe, wegen guter Führung ein halbes Jahr früher entlassen zu werden. Ich werde mich daher weiterhin stark in der freiwilligen Sozialbetreuung engagieren und versuchen, den deprimiertesten

Häftlingen Mut zuzusprechen und neue Hoffnung zu vermitteln. Und nun zu Ihrer zweiten Frage, Dr. Senhadji. Ja, ich bin damit fertig.«

Samir übergab Dr. Senhadji mehrere Seiten eng beschriebenes Papier. »Wie versprochen, nicht wahr. Diese Aufzeichnungen zu den Geschehnissen von damals sind ausschließlich für Ihren persönlichen Gebrauch bestimmt. Natürlich können auch die anderen sie lesen, aber bitte keine sonstige Weitergabe. Man weiß ja nie, wer auf welche Gedanken kommen könnte, nicht dass ich dann auch noch von anderer Seite um mein Leben bangen muss.«

Die Männer sprachen noch eine Weile miteinander und Robert wiederholte seine Zusage, Samir nach seiner Entlassung als Leiter der Sicherheitsabteilung einzustellen. Samir strahlte wieder vor Freude. Sie verabschiedeten sich von ihm und fuhren eher schweigend zu Dr. Senhadjis Residenz.

Dr. Senhadji hatte zwei Fotokopien von Samirs Aufzeichnungen gemacht und jeweils eine an Tajeddine und Robert übergeben. Sie waren alle neugierig, denn die Aufzeichnungen versprachen sehr viel mehr Details als Samirs mündliche Einlassungen damals vor zehn Jahren. Sie hatten sich in die ans Wohnzimmer angrenzende Bibliothek zurückgezogen. Die Hausdame hatte Kaffee, Tee und Gebäck serviert. Die Männer setzten sich, jeder in einen Ledersessel rund um den geschnitzten

Tisch aus poliertem Wurzelholz. Es herrschte absolute Stille, die nur vom Rascheln beim Umblättern durchbrochen wurde. Tajeddine nahm sein Teeglas und nippte vorsichtig daran. Er hütete sich, nach guter arabischer Art zu schlürfen, denn er hasste diese Sitte. Der Tee war aber noch zu heiß, als dass man ihn hätte trinken können.

Kaum hatte Dr. Senhadji das letzte Wort gelesen, begab er sich zum Schreibtisch und notierte die für ihn wesentlichsten Erkenntnisse:

Den radikal-islamistischen Anführer, um den es hier geht, nenne ich X. Ich werde einen solchen Menschen nicht beim Namen nennen.
X wurde in Tetouan, einer Hochburg des Fundamentalismus, festgenommen. Es muss mit einer sehr harten Strafe rechnen, wenn, wegen der Todesopfer, nicht sogar mit lebenslänglicher Haft. Zwar könnte auch die Todesstrafe ausgesprochen werden; diese wurde aber in den letzten Jahren in Marokko nicht mehr vollstreckt. Der Rat der radikal-islamistischen Bewegung hat entschieden, eine Lösung für die Freilassung von X zu finden. Alle Vorschläge für eine gewaltsame Befreiung wurden verworfen. In der letzten, eiligst einberufenen Sitzung wurde ein sehr komplizierter, aber listiger Plan entwickelt. Die Sitzung fand statt, als dem örtlichen Befehlshaber der Bewegung berichtet wurde, dass zwei Europäer (Robert und Natalie) und zwei miteinander nicht verwandte Marokkaner (Khalid und Raschida),

Kinder einflussreicher Männer, die Gegend um Laâyoune erkunden. Major Samir war bis zu diesem Zeitpunkt nicht unterrichtet.

Phase 1: Es werden zwei Leichen ›besorgt‹, ein 40-Tonner gestohlen. Khalid und Raschida werden bei ihrem nächsten Ausflug gekidnappt und in die örtliche Zentrale verbracht. Das Fahrzeug der beiden wird auf eine einsame Landstraße gefahren, die beiden Leichen werden auf den Vordersitzen mithilfe der Sicherheitsgurte fixiert. Das Fahrzeug wird mit einem Brennbeschleuniger übergossen. Der 40-Tonner wird fünfzig Meter weiter entfernt abgestellt. Das Gaspedal und das Kupplungspedal werden mit einer Eisenstange heruntergedrückt. Die Stange am Kupplungspedal wird weggezogen, sodass der 40-Tonner auf den Personenkraftwagen zusteuert und frontal auf ihn prallt.

Phase 2: Nach ein paar Tagen sollen Tajeddine und ich kontaktiert werden. Man will uns dazu bringen, unseren Einfluss geltend zu machen und unsere Beziehungen spielen zu lassen, um so eine diskrete Freilassung von X zu bewirken. Die Bewegung bestimmt, dass Major Samir den Kontakt herstellen und die Überzeugungsarbeit leisten soll. Erst jetzt erfährt Major Samir von der ganzen Aktion. Der Bewegung und auch uns ist zu diesem Zeitpunkt unbekannt, dass Major Samir von höchster politischer Stelle gebeten worden war, die Bewegung zu unterwandern. Er hatte sich also nur deshalb der Bewegung angeschlossen und durch gezielte Hinweise ihr Vertrauen gewonnen.

Phase 3: Major Samir nimmt Kontakt zu uns auf. Mehrere Gespräche. In Gegenwart von Robert und Natalie offenbart er, dass Khalid und Raschida nicht tot sind. Er erläutert uns den Ablauf der Umsetzung von Phase 1. Tajeddine und ich setzen uns für eine Freilassung ein. Khalid und Raschida sollen erst nach Eintreffen von X freigelassen werden. Major Samir genießt nunmehr das volle Vertrauen der Bewegung.

Phase 4: X wird am Abend freigelassen, als es bereits dunkel ist. Allein in Begleitung von Major Samir, dieser sitzt am Steuer, fahren sie kreuz und quer durch die Straßen, bis sie sicher sind, nicht verfolgt zu werden. In der geheimen ›Kommandonebenzentrale Süd‹ werden sie von zwei bewaffneten Anhängern empfangen. Major Samir ist das erste Mal in diesem Kellerverlies, das sie Zentrale nennen. In einem Nebenraum sitzen gefesselt die beiden Gefangenen. Raschida wurde offensichtlich verschont, während Khalid an mehreren Stellen am Kopf blutige Blessuren aufweist. Nach wenigen Minuten sagt X, dass er sich heute wie morgen weigern werde, die ›Gefangenen der Bewegung‹, so nennt er Khalid und Raschida, freizulassen. Er wolle noch Geld erpressen, aber die beiden auch nach der Lösegeldzahlung nicht freilassen. Sie sollten als Zeichen für den unnachgiebigen Kampf der Bewegung sterben.

Phase 5: Major Samir befindet sich in einer Extremsituation: Er weiß nicht, ob er jemals wieder so nah an die beiden Gefangenen herankommen würde. Er kann nichts unternehmen, die Übermacht der anderen ist zu groß. Die beiden Wärter sind bewaffnet und X hat sich nach Betreten des Kellers sofort eine Pistole aushändigen lassen. Major Samir erklärt, er müsse wieder zurück, um behaupten zu können, dass X irgendwo in ein anderes Auto umgestiegen sei. X bedankt sich bei ihm und geleitet ihn bis zur Tür. Major Samir geht zu seinem Wagen, vergewissert sich, dass er nicht beobachtet wird, und öffnet eine versteckte Klappe in der Seitenverkleidung der Fahrertür. Er nimmt die dort festgeklebte Pistole an sich und kontrolliert die Funktionen der Waffe. Dann geht er zurück und klopft an die Tür. Einer der Wächter öffnet ihm. Major Samir sagt, er müsse noch eine Frage mit X klären. Als er vor ihm steht, schießt Major Samir aus der Jackentasche heraus X ins Bein. Dann zieht er blitzschnell die Pistole aus der Tasche und zielt auf den einen Wärter, der seine Pistole schon gezückt hat. Major Samir schießt, ohne Zeit zu haben, einen gezielten Schuss abgeben zu können. Er trifft den Wärter ins Herz. Der andere Wärter ist so perplex, dass er die kostbaren ein oder zwei Sekunden Vorsprung nicht nutzt. Auch diesen Wärter trifft Major Samir tödlich.

Phase 6: Major Samir befreit die beiden Gefangenen und versorgt notdürftig die blutenden Wunden an Khalids Kopf. Im Schutze der Dunkelheit fährt er mit

den Befreiten in die Zentrale des Militärischen Ab-
schirmdienstes. Dort werden Khalid und Raschida me-
dizinisch versorgt. Major Samir kündigt an, dass er
ihre Väter holen werde. Khalid und Raschida sollten
in deren Begleitung nach Hause fahren. Im Haus wür-
den sie drei zusätzliche Hausdiener vorfinden. Alle
drei seien im Nahkampf ausgebildete Agenten des Ab-
schirmdienstes.

Phase 7: Der Militärische Abschirmdienst bewacht die
Häuser der Familien al Raisuni und Senhadji sowie
alle Familienmitglieder zwei Wochen lang. Dann wird
die Überwachung peu à peu reduziert. Besondere Vor-
kommnisse gibt es keine. Alle Beteiligten, ohne Aus-
nahme, müssen eine verbindliche Schweigepflichterklä-
rung unterschreiben, denn die Angelegenheit wurde zwi-
schenzeitlich als ›Streng Geheim!‹ eingestuft. Diese
Erklärung sieht vor, dass bei Zuwiderhandlung eine
Gefängnisstrafe von fünf Jahren ausgesprochen werde.
Die nationale und internationale Presse hat keinen
einzigen Hinweis auf den manipulierten Unfall, die
Entführung und die Freilassung von X erhalten.

Dr. Senhadji las seinen beiden Freunden den Text
vor und fragte, ob es damit seine Richtigkeit habe.
Beide nickten zustimmend.

»Warum haben wir Major Samir nicht schon früher gebeten, die Ereignisse schriftlich darzule-
gen?«, fragte Tajeddine.

»Wir alle standen die erste Zeit unter Schock und wir hatten uns ja verpflichtet, kein Sterbenswörtchen über die Sache zu verlieren und keinen weiteren Kontakt zu Major Samir zu unterhalten«, antwortete Dr. Senhadji.

Epilog

Robert saß wie jeden Abend unter den Palmen in seinem gefederten Lieblingsstuhl, der bei jeder Bewegung angenehm leicht wippte. Er las einen Bericht von Sascha über den Baufortschritt der solarthermischen Kraftanlagen und war rundherum zufrieden mit der Entwicklung und den Aktivitäten seiner Tochter und seines Schwiegersohnes. Ein Flugzeug flog hoch oben und zeichnete einen dicken Kondensstreifen in den in rotes Licht getauchten Himmel. Robert erinnerte sich an seinen allerersten Flug nach Marokko und an das anregende Gespräch mit seinem Sitznachbarn Tajeddine. Seine Gedanken sprangen schnell zu der Begegnung mit Dr. Senhadji und Raschida am ersten Tag der Konferenz und zu denen mit Khalid und Major Samir. Es waren die Menschen, die in den letzten zehn Jahren in seinem Leben die größte Rolle gespielt hatten. Bis heute unterhielt er enge Verbindung zu ihnen und sie waren sehr oft zusammen, mit Ausnahme von Major Samir. Sie trafen sich jeden Sonntag ab Mittag in dem neuen Luxushotel, das Khalid und Raschida am Stadtrand von El Jadida, siebzig Kilometer südlich von Casablanca gebaut hatten und als Inhaber leiteten. Der Tag der Einweihung war auch der Tag ihrer

Hochzeit gewesen. Robert konnte sich nicht erinnern, jemals ein pompöseres Fest erlebt zu haben.

Als Robert an diesem Sonntag von Weitem das Hotel erblickte, freute er sich ganz besonders darüber, dass sich Raschida mit ihrer Entscheidung, das Hotel mit einem kleinen solarthermischen Kraftwerk und einer Wasseraufbereitungsanlage auszustatten, hatte durchsetzen können. Platz genug hatten sie hierfür allemal auf der Fläche einer Lichtung innerhalb des hoteleigenen Eukalyptuswaldes. Das Hotel war somit energiewirtschaftlich autark.

Nach der Begrüßung, es war ein Ritual, stürmten Roberts Enkelkinder sofort zum Kinderbecken. Sascha und Natalie bezogen ihren Stammplatz am Swimmingpool. Robert, der an diesem Tag stärker von seiner langsam fortgeschrittenen Krankheit gekennzeichnet war, wollte sich ans Meer zurückziehen. Er bat einen Angestellten, ihm einen Sonnenschirm und einen Stuhl dorthin zu bringen. Jedes Mal erfreute er sich der Wellengeräusche und der Sonnenspiegelungen auf der unendlichen Meeresoberfläche. Doch was urplötzlich seine Augen blendete und wie ein Schmerzpfeil seinen Kopf durchdrang, war keine Sonnenreflexion. Robert hatte die stärkere Ausdehnung, das Wachsen des Gehirntumors im Hinterkopf in den letzten zwei Monaten schmerzlich gemerkt. Er spürte, dass die Zeit des Abschieds gekommen war und spürte plötzlich Angst in seiner Seele. Er fühlte in seinem

Herzen letztes Leben schlagen und erbat sich von dem Angestellten, der noch dabei war, den Sonnenschirm im Sand zu befestigen, ein Stück Papier und einen Stift. Er setzte sich und bat den Angestellten, sofort seine Tochter Natalie zu holen.

Als Natalie ihren Vater von hinten auf dem Stuhl sitzen sah, war sie beruhigt. Er liebte es, am Meer ein Nickerchen zu halten. Sie freute sich, dass sich ihr Vater, der sein kleines Imperium mühsam, aber erfolgreich aufgebaut hatte, jetzt endlich die Freuden des Lebens gönnte. Als sie neben den Stuhl trat, sah sie in seiner rechten Hand einen Zettel. Sie nahm ihn und las:

Natalie, Du bist immer im Herzen Deiner Mutter. Du bist immer in meinem Herzen und ich bin glücklich, dass Du immer bei mir warst, auch in den schwersten Zeiten. Ich bin jetzt bei Deiner Mutter und wir beide sind immer bei Dir. Dein Pa

Glossar

Almanya
Deutschland, auf Türkisch

CIA
Die **C**entral **I**ntelligence **A**gency wurde 1947 als US-Nachrichtendienst gegründet. Ihre Hauptaufgabe liegt in der Auswertung von Informationen über ausländische Regierungen und Personen, die sie der US-Regierung zur Verfügung stellt. Sie führt auch auf der Grundlage selbst beschaffener Informationen eigene Geheimoperationen im Ausland durch. Kritisiert wird die CIA wegen der Zunahme an Eigenständigkeit. Offizielle Aufgabenbeschreibung der CIA: „The Central Intelligence Agency is an independent US Government agency responsible for providing national security intelligence to senior US policymakers."

Dromedar
Afrikanisches Kamel mit einem Höcker. Größer und schlanker als ein asiatisches zweihöckeriges Kamel, das auch Trampeltier genannt wird. Im Höcker speichern die Tiere Fett- und Nahrungsvorräte. Die Wasservorräte werden allein im Ma-

gen gespeichert. Die Tiere kommen bis zu drei Wochen ohne Wasser aus.

Grandes Ecoles / Ecole Polytechnique

Die *Ecole Polytechnique,* gegründet 1794 in Paris, ist eine der französischen *Grandes Ecoles* (= Eliteschulen). Sie gehört heute zur *ParisTech,* eine Vereinigung von zwölf Grandes Ecoles mit wissenschaftlicher und technischer Ausrichtung.

Fatwa

Islamisches Rechtsgutachten, das von einem Rechtsgelehrten zur Klärung einer speziellen Frage aus der islamischen Religion herausgegeben wird, mit eingeschränkter Bindungswirkung.

Fünf Säulen des Islam

1. Das Bekenntnis zu Allah
2. Die fünf täglichen Gebete
3. Das Almosen
4. Das Fasten während des Ramadan
5. Die Pilgerfahrt nach Mekka

Gender Mainstreaming

Alle beabsichtigten Maßnahmen müssen unter einer geschlechterbezogenen Perspektive betrachtet und analysiert werden: Die *möglicherweise* unterschiedlichen Ausgangsbedingungen oder Auswirkungen der Maßnahme auf die beiden Geschlechter (Wie wirkt sich die Maßnahme auf Frauen, wie auf Männer aus?) müssen abgefragt, ermittelt und bei der Ausgestaltung der Maßnahme berücksichtigt werden.

Grün und Islam
Grün ist die Farbe des Islam. Jedes Koranbuch ist in grün eingebunden. Rot ist die Farbe des Blutes, des Lebens und der Bereitschaft, mit Gewalt die Freiheit zu verteidigen. So erklärt sich auch die Marokkanische Staatsfahne (grüner fünfzackiger Stern auf rotem Hintergrund; die fünf Zacken symbolisieren die fünf Säulen des Islam).

Hammada
Bedeutung. „die Unfruchtbare". Vegetationslose Steinwüste, bei der der Wind jegliches feinsandiges Material fortgeweht hat.

Henna
Meist roter Farbstoff zum Färben von Haaren und Haut, gewonnen aus den Blättern des Hennastrauches.

Imam
Im Islam der Vorbeter

Integrationsvertrag
In Deutschland auf Bundesebene erstmals in Nr. III, Ziffer 5 des Koalitionsvertrages 2009 zwischen

CDU, CSU und FDP, 17. Legislaturperiode, erwähnt (Auszug):
„Mit Integrationsverträgen werden die notwendigen Integrationsmaßnahmen für eine erfolgreiche Eingliederung in die deutsche Gesellschaft und den deutschen Arbeitsmarkt vereinbart und später kontinuierlich überprüft."

Islamisches Reinheitsgebot:
Der Islam schreibt Sauberkeit und Körperpflege vor. Nach der Fitra (bedeutet „Die Natur des Menschen" oder „natürliche Veranlagung") sind als Regeln des islamischen Glaubens aufgestellt:

- die Beschneidung bei Jungen,
- das Abrasieren der Achsel- und Schamhaare bei Frauen und Männern und
- das Schneiden der Finger- und Fußnägel bei allen.

Mekka
Heilige Stadt in Saudi-Arabien, da Geburtsort Mohammeds und Wallfahrtsort der Muslime (Pilgerreisen). Mittelpunkt ist die Moschee El Haram mit der Kaaba im Innenhof. Die Kaaba ist ein würfelförmiges, mit einem Brokatvorhang bedecktes Gebäude, das von den Pilgern siebenmal umrundet wird. Siehe oben unter Ziffer 5 bei „Die fünf Säulen des Islam".

Muezzin
Islamischer Gemeindebeamter, der fünfmal am
Tag vom Minarett einer Moschee herab die Ge-
betszeit ausruft: Wortlaut:

Allahu Akbar
Allah ist der Größte
Allahu Akbar
Allah ist der Größte
Allahu Akbar
Allah ist der Größte

La illah illa Allah
Es gibt keinen Gott außer Allah
La illah illa Allah
Es gibt keinen Gott außer Allah
La illah illa Allah
Es gibt keinen Gott außer Allah
Uua Mohammadu rassulu Allah
Und Mohammed ist sein Prophet

Hayau ala cela
Kommt zum Gebet
Allahu Akbar
Allah ist der Größte

La illah illa Allah
Es gibt keinen Gott außer Allah

Offshore-Windpark

Feststehende Anlagen in der offenen See zur Gewinnung von Energie durch Nutzung des Windes als Antrieb.

Umwelt- und naturschutzrelevante Auswirkungen:

- Meeresbodenzerstörung durch Fundamentsetzung (Einrammen)
- Meeresbodenüberdeckung während des Einrammens
- Meeresbodenzerstörung durch Trassierung (Kabelverbindungen zum Festland)
- Änderungen der Sedimentslagen
- Änderungen der Strömungsverhältnisse (insbesondere durch Veränderungen der Meeresbodenstruktur und der Stahlpfähle)
- Magnetische und elektrische Felder durch Verbindungskabel zum Land und Schallemissionen und Vibrationen sowie Schattenwurf von Rotoren führen zu Orientierungsstörungen der Fauna, Reduzierung des Lebensraums durch Scheuchwirkung, Fischlaichschädigung, verminderte Nahrungssuche.

Rituelle Reinheit / rituelle Waschung

Die rituelle Reinheit wird durch eine Waschung vor dem Gebet hergestellt. Mit Wasser wäscht man sich je dreimal in dieser Reihenfolge:

- die Hände bis zu den Handgelenken
- den Mund und die Nase

- das Gesicht
- rechter und danach linker Unterarm
- das Kopfhaar und die Ohren
- rechter und danach linker Fuß.

Solarthermie
Die Gewinnung von Solarenergie durch Spiegel, die Sonnenlicht bündeln und in Hitze verwandeln, ist zuverlässig („die Sonne scheint immer") und risikofrei, denn die solarthermischen Kraftwerke arbeiten nur mit der Sonneneinstrahlung, ohne Öl, ohne Kohle und ohne Uran. Sie produzieren keinen radioaktiven Abfall und können nicht explodieren. Zerbricht ein Spiegel-Modul, wird es einfach ausgetauscht, ohne dass der Betrieb des Kraftwerks gestört wird. Auch Meerwasser-Entsalzungsanlagen könnten mit Solarstrom betrieben werden und somit die dringend benötigte Wasserversorgung in der Westsahara garantieren. Solarthermie ist somit die klima- und umweltfreundlichste Gewinnung von Strom.

„Vierte Gewalt"
Um Machtkonzentration und gegebenenfalls Willkür zu verhindern, verteilen Staaten die Staatsgewalt auf mehrere Staatsorgane. So auch z.B. in der Bundesrepublik Deutschland, in der nach Artikel 20 des Grundgesetzes die Staatsgewalt *durch besondere Organe der Gesetzgebung* (Legislative als Erste Gewalt), *der vollziehenden Gewalt* (Exekutive als

Zweite Gewalt) *und der Rechtsprechung* (Judikative als Dritte Gewalt) *ausgeübt wird.*

Wegen der äußerst starken Einflussmöglichkeiten der Medien (Zeitungen, Fernsehen, Radio) auf die Politik und die öffentliche Meinung (und aber auch vice versa) entstand für die Presse im Allgemeinen der informelle Begriff Vierte Gewalt oder Vierte Säule des Staates.

Weltbank

Sonderorganisation der Vereinten Nationen, Sitz in Washington D.C., mit der amtlichen Bezeichnung *International Bank for Reconstruction and Development (Internationale Bank für Wiederaufbau und Entwicklung).*

Offizielle Aufgaben der Weltbank:

1. Förderung der wirtschaftlichen Entwicklung der Mitgliedsländer und des Lebensstandards der Bevölkerung durch Erleichterung der Kapitalanlagen für produktive Zwecke,

2. Förderung privater Direktinvestitionen und des Außenhandels und

3. Förderung von Maßnahmen zur Armutsbekämpfung.

Westsahara 1

Vom Atlantischen Ozean bis zur algerischen und überwiegend mauretanischen Sahara verlaufender Schlauch mit einer Länge von etwa 1100 km und einer Breite (willkürlicher Grenzverlauf) von bis zu 200 km.

1956: Marokkos Unabhängigkeit von Frankreich. Wachsende Bestrebung, auch Unabhängigkeit der Westsahara von Spanien zu erreichen.

1967: Spanien erklärt sich bereit, ein Referendum über den Status der Westsahara durchzuführen.

1973: bis dato kein Referendum. Gründung der POLISARIO (Frente Popular para la Liberación de Saguía el Hamra y Río de Oro), eine bewaffnete Befreiungsbewegung im südlichen Grenzgebiet zu Algerien und Mauretanien. Streitgegenstand zwischen Marokko und der POLISARIO: historische Ansprüche Marokkos und Mauretaniens auf Teile der Westsahara versus Selbstbestimmungsrecht des saharauischen Volkes.

1975: König Hassan II dekretiert auf der Grundlage einer Resolution von saharauischen Stammesfürsten, die Westsahara solle zwischen Marokko und Mauretanien aufgeteilt werden. Die Annexion des „marokkanischen Teils" der Westsahara an Marokko erfolgt durch den „Grünen Marsch" („La marche verte"): In ganz Marokko werden Freiwillige, aber auch weniger Freiwillige (auch ganze Familien) rekrutiert. Lastkraftwagen und Omnibusse werden beschlagnahmt, um die Freiwilligen zu transportieren und die Westsahara somit zu okkupieren. Weit über 300.000 Menschen, begleitet von über 30.000 Soldaten und einer immensen Logistik, besiedeln das Gebiet. Armeeeinheiten sichern die Grenze zu Algerien ab.

1976: Die POLISARIO ruft die Demokratische Arabische Republik Sahara aus, die im Nachhinein von 50 Staaten anerkannt wird. Die POLISARIO kämpft gegen Marokko und Mauretanien.

1979: Mauretanien verzichtet auf Gebietsansprüche. Marokko annektiert auch diesen südlichen Teil der Westsahara. Marokko baut einen Wall entlang der willkürlichen Ostgrenze.

1991: Waffenstillstand

Bis heute (2010): kein Referendum! Nur der Waffenstillstand wird von der *Mission der Vereinten Nationen für das Referendum in der Westsahara* (MINURSO) überwacht. Der Sicherheitsrat der Vereinten Nationen beschließt am 30. April 2009 (Resolution 1871 aus 2009, siehe unter Anhang), das Mandat der MINURSO bis zum 30. April 2010 zu verlängern und „mit der Angelegenheit befasst zu bleiben".

Westsahara 2

Kleine Anfrage der Abgeordneten Dr. Norman Paech, Hüseyin-Kenan Aydin, Monika Knoche, weiterer Abgeordneter und der Fraktion im Bundestag DIE LINKE - Drucksache 16/13316 vom 08.06.2009. Hier: Vorbemerkungen der Fragesteller und der Bundesregierung.

<u>Vorbemerkung der Fragesteller:</u>

Seit 1975 hält Marokko den größten Teil der Westsahara besetzt. Der Konflikt um die ehemalige
spanische Kolonie ist einer der letzten ungelösten
Kolonialkonflikte auf dem afrikanischen Konti-
nent. Nach einem erbitterten Krieg zwischen den
marokkanischen Besatzern und der saharauischen
Unabhängigkeitsbewegung POLISARIO kam es
1991 zu einem fragilen Waffenstillstand. Seitdem
versuchen die Vereinten Nationen (VN) bei der
Beilegung dieses Konfliktes zu vermitteln – bisher
ohne Erfolg. Seit Jahrzehnten fordern die VN ein
Referendum über die Unabhängigkeit der Westsahara – dies wurde bis heute von Marokko erfolgreich sabotiert und verschleppt. 2007 präsentierte
das Königreich in einem Autonomieplan eine einseitige Lösung, die den Saharauis ihr durch internationale Resolutionen anerkanntes Recht auf
Selbstbestimmung verweigert. Frankreich und
Spanien unterstützen ihren wichtigen Handels-
partner Marokko bei dessen Blockadepolitik. Die
Westsahara verfügt über die weltweit größten
Phosphorvorräte, Erdölvorkommen und eine
fischreiche Atlantikküste.
Der Sicherheitsrat der VN hat jüngst mit der Resolution 1871 (2009) einen neuen Anlauf zu einer
Lösung des Westsahara-Konflikts gefordert. Im
Zuge dessen wurde das Mandat der VN-Mission
für ein Referendum in der Westsahara

(MINURSO) um ein weiteres Jahr, bis Ende April 2010 verlängert. Der VN-Sicherheitsrat bekräftigt in der aktuellen Resolution erneut, „den Parteien bei der Herbeiführung einer gerechten, dauerhaften und für beide Seiten annehmbaren politischen Lösung behilflich zu sein, die die Selbstbestimmung des Volkes von Westsahara im Rahmen von Regelungen vorsieht, die mit den Grundsätzen und Zielen der Charta der Vereinten Nationen in Einklang stehen [...]". Das Mandat sollte durch eine Beobachtermission bezüglich der Menschenrechtssituation erweitert werden. Frankreich hat dieser Mandatserweiterung als einziges Mitglied im VN-Sicherheitsrat nicht zugestimmt und somit eine Untersuchung der Menschenrechtssituation durch die VN in der Westsahara verhindert. Die menschenrechtliche Situation in der Westsahara gibt jedoch weiterhin Anlass zu großer Sorge. Demonstrationen für eine Unabhängigkeit der Westsahara sind verboten bzw. werden von marokkanischen Sicherheitskräften gewaltsam unterdrückt. Demonstranten werden festgenommen und während der Verhöre durch die Sicherheitskräfte gefoltert und misshandelt. Saharauische Menschenrechtsverteidiger werden schikaniert und unter zweifelhafter Beweislage zu langen Gefängnisstrafen verurteilt (Human Rights Watch: Human Rights in Western Sahara and in the Tindouf Refugee Camps, Dezember 2008; Amnesty international Report 2008).

Vorbemerkung der Bundesregierung:

Die Bundesregierung setzt im Westsaharakonflikt weiterhin auf die Bemühungen der Vereinten Nationen, im Einverständnis zwischen den Beteiligten eine friedliche Lösung zu finden. Sie unterstützt die Vermittlungsbemühungen des neuen persönlichen Gesandten des Generalsekretärs der Vereinten Nationen, Christopher Ross, den Verhandlungsprozess zwischen den beteiligten Parteien wieder in Gang zu setzen.

Der Westsaharakonflikt ist regelmäßig Gegenstand politischer Gespräche und Kontakte der Bundesregierung und der Europäischen mit Partnern in der Region. Die Menschenrechtssituation ist dabei von besonderer Bedeutung; konkrete Einzelfälle sprechen Bundesregierung und EU regelmäßig an und bringen ihre Besorgnis zum Ausdruck. Sowohl in ihren bilateralen Beziehungen als auch durch die EU achtet die Bundesregierung darauf, einer Festlegung des völkerrechtlichen Status der Westsahara nicht vorzugreifen. Zur Verbesserung der Situation der saharauischen Bewohner der Region hat die Bundesregierung in den vergangenen Jahren humanitäre und entwicklungsorientierte Nothilfe geleistet, sie unterstützt auch vertrauensbildende Maßnahmen.

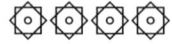

Anhang

Wortlaut der
**Resolution 1871 (2009) der Vereinten Nationen
- S/RES/1871 (2009) -**
verabschiedet auf der 6117. Sitzung des Sicherheitsrats am 30. April 2009

Der Sicherheitsrat,
unter Hinweis auf alle seine früheren Resolutionen über Westsahara,
in Bekräftigung seiner nachdrücklichen Unterstützung für die Anstrengungen des Generalsekretärs und seines Persönlichen Gesandten zur Durchführung der Resolutionen 1754 (2007), 1783 (2007) und 1813 (2008),
in Bekräftigung seiner Entschlossenheit, den Parteien bei der Herbeiführung einer gerechten, dauerhaften und für beide Seiten annehmbaren politischen Lösung behilflich zu sein, die die Selbstbestimmung des Volkes von Westsahara im Rahmen von Regelungen vorsieht, die mit den Grundsätzen und Zielen der Charta der Vereinten Nationen im Einklang stehen, und Kenntnis nehmend von der Rolle und den Verantwortlichkeiten der Parteien in dieser Hinsicht, mit der erneuten Aufforderung an die Parteien und die Staaten der Region, auch

künftig voll mit den Vereinten Nationen und miteinander zusammenzuarbeiten, um den derzeitigen Stillstand zu überwinden und Fortschritte in Richtung auf eine politische Lösung zu erzielen,

Kenntnis nehmend von dem dem Generalsekretär am 11. April 2007 vorgelegten marokkanischen Vorschlag und die ernsthaften und glaubwürdigen marokkanischen Anstrengungen begrüßend, den Prozess einer Lösung näher zu bringen, sowie Kenntnis nehmend von dem dem Generalsekretär am 10. April 2007 vorgelegten Vorschlag der POLISARIO-Front,

Kenntnis nehmend von den vier Verhandlungsrunden, die unter der Schirmherrschaft des Generalsekretärs durchgeführt wurden, und erfreut über die Fortschritte, die die Parteien im Hinblick auf die Aufnahme direkter Verhandlungen erzielt haben,

betonend, wie wichtig Fortschritte in Bezug auf die menschliche Dimension des Konflikts sind, um Transparenz und gegenseitiges Vertrauen durch konstruktiven Dialog und humanitäre vertrauensbildende Maßnahmen zu fördern,

in diesem Zusammenhang **begrüßend**, dass sich die Parteien dem Kommuniqué des Persönlichen Gesandten des Generalsekretärs für Westsahara vom 18. März 2008 zufolge geeinigt haben, zusätzlich zu dem bereits bestehenden Programm für Familienbesuche auf S/RES/1871 (2009) 2 dem Luftweg auch die Möglichkeit der Einführung von

Familienbesuchen auf dem Landweg zu prüfen, und den Parteien nahelegend, dies in Zusammenarbeit mit dem Hohen Flüchtlingskommissar der Vereinten Nationen zu tun, unter Begrüßung der Verpflichtung der Parteien, den Verhandlungsprozess durch Gespräche unter der Schirmherrschaft der Vereinten Nationen fortzusetzen,

Kenntnis nehmend von der Auffassung des Generalsekretärs, dass die Konsolidierung des Status quo kein annehmbares Ergebnis des laufenden Verhandlungsprozesses ist, und ferner

feststellend, dass Fortschritte bei den Verhandlungen positive Auswirkungen auf alle Aspekte der Lebensqualität des Volkes von Westsahara haben werden,

erfreut über die Ernennung von Botschafter Christopher Ross zum Persönlichen Gesandten des Generalsekretärs für Westsahara sowie

begrüßend, dass er die Region vor kurzem besucht hat und laufende Konsultationen mit den Parteien führt, nach Behandlung des Berichts des Generalsekretärs vom 13. April 2009,

1. **bekräftigt** die Notwendigkeit, die mit der Mission der Vereinten Nationen für

das Referendum in Westsahara (MINURSO) geschlossenen Militärabkommen in Bezug auf die Waffenruhe in vollem Umfang einzuhalten;

2. **begrüßt** die Zustimmung der Parteien zu dem Vorschlag des Persönlichen Gesandten, zur Vorbereitung einer fünften Verhandlungsrunde infor-

melle Gespräche im kleinen Kreis zu führen, und erinnert daran, dass der Rat sich der in dem vorangegangenen Bericht enthaltenen Empfehlung angeschlossen hat, wonach es für Verhandlungsfortschritte unerlässlich ist, dass die Parteien Realismus und einen Geist des Kompromisses an den Tag legen;

3. **fordert** die Parteien auf, weiter den politischen Willen zu zeigen und in einer
dem Dialog förderlichen Atmosphäre zu arbeiten, um in eine intensivere und stärker sachbezogene Verhandlungsphase einzutreten, und so die Durchführung der Resolutionen 1754 (2007), 1783 (2007) und 1813 (2008) und den Erfolg der Verhandlungen sicherzustellen, und bekräftigt seine nachdrückliche Unterstützung für das Engagement des Generalsekretärs und seines Persönlichen Gesandten zugunsten einer Lösung der Westsahara-Frage in diesem Kontext;

4. **fordert** die Parteien auf, die Verhandlungen unter der Schirmherrschaft des Generalsekretärs ohne Vorbedingungen und in redlicher Absicht unter Berücksichtigung der seit 2006 unternommenen Anstrengungen und der späteren Entwicklungen fortzusetzen, mit dem Ziel, eine gerechte, dauerhafte und für beide Seiten annehmbare politische Lösung herbeizuführen, die die Selbstbestimmung des Volkes von Westsahara im Rahmen von Regelungen vorsieht, die mit den Grundsätzen und Zielen der Charta der Vereinten Nationen im Ein-

klang stehen, und verweist auf die Rolle und die Verantwortlichkeiten der Parteien in dieser Hinsicht;

5. **bittet** die Mitgliedstaaten, für diese Gespräche angemessene Unterstützung zu
gewähren;

6. **ersucht** den Generalsekretär, den Sicherheitsrat regelmäßig über den Stand dieser unter seiner Schirmherrschaft geführten Verhandlungen und die dabei erzielten Fortschritte unterrichtet zu halten, und bekundet seine Absicht, zusammenzutreten, um diesen Bericht entgegenzunehmen und zu erörtern;

7. **ersucht** den Generalsekretär, weit vor Ablauf des Mandatszeitraums einen Bericht über die Situation in Westsahara vorzulegen; S/RES/1871 (2009) 3

8. **fordert** die Mitgliedstaaten nachdrücklich auf, freiwillige Beiträge zur Finanzierung vertrauensbildender Maßnahmen zu leisten, die vermehrte Kontakte zwischen voneinander getrennten Familienmitgliedern, insbesondere Familienbesuche, sowie sonstige von den Parteien vereinbarte vertrauensbildende Maßnahmen ermöglichen;

9. **beschließt**, das Mandat der MINURSO bis zum 30. April 2010 zu verlängern;

10. **ersucht** den Generalsekretär, auch weiterhin die erforderlichen Maßnahmen zu
ergreifen, um sicherzustellen, dass die Nulltoleranzpolitik der Vereinten Nationen gegenüber se-

xueller Ausbeutung und sexuellem Missbrauch in der MINURSO uneingeschränkt beachtet wird, und den Rat unterrichtet zu halten, und fordert die truppenstellenden Länder nachdrücklich auf, angemessene Präventivmaßnahmen, darunter ein einsatzvorbereitendes Sensibilisierungstraining, sowie sonstige Maßnahmen zu ergreifen, um sicherzustellen, dass das an derartigen Handlungen beteiligte Personal voll zur Rechenschaft gezogen wird;
11. **beschließt**, mit der Angelegenheit befasst zu bleiben.

Anmerkungen des Autors zum Anhang:

In dieser Form werden sämtliche Resolutionen der Vereinten Nationen formuliert. Ich überlasse es der Leserin / dem Leser, sich hierüber Gedanken zu machen. Nur eines dürfte sicher sein:
Bei diesen gewöhnlichen Formulierungen ist erkennbar, warum den VN-Resolutionen seitens der einzelnen Staaten, insbesondere seitens der betroffenen Staaten so wenig Bedeutung und Achtung beigemessen werden.